U0937336

20th

1998-2017

太阳鸟文学年选

2017中国最佳诗歌

主　编｜王　蒙
分卷主编｜宗仁发

辽宁人民出版社

图书在版编目（CIP）数据

2017中国最佳诗歌 / 宗仁发主编．—沈阳：辽宁人民出版社，2018.1
（太阳鸟文学年选 / 王蒙主编）
ISBN 978-7-205-09150-7

Ⅰ．①2… Ⅱ．①宗… Ⅲ．①诗集—中国—当代 Ⅳ．①I227

中国版本图书馆CIP数据核字（2017）第275679号

出版发行：辽宁人民出版社
地址：沈阳市和平区十一纬路25号　邮编：110003
电话：024-23284321（邮　购）　024-23284324（发行部）
传真：024-23284191（发行部）　024-23284304（办公室）
http://www.lnpph.com.cn
印　　刷：沈阳航空发动机研究所印刷厂
幅面尺寸：170mm×240mm
印　　张：15
字　　数：235千字
出版时间：2018年1月第1版
印刷时间：2018年1月第1次印刷
责任编辑：赵维宁　艾明秋
装帧设计：丁末末
责任校对：刘再升
书　　号：ISBN 978-7-205-09150-7
定　　价：45.00元

太阳鸟文学年选
编辑委员会

萤火时代的暗影或新鲜的碎片
——近年诗歌观察笔记或反省书

霍俊明

有研究者认为，在社会和文化的转型期和巨变期，诗歌仍然处于并不乐观甚至被诅咒的“乌鸦时代”（汪剑钊），甚至韩东认为1980年代以来的三十年诗歌景观整体扭曲，只与西方有关的写作观念发生联系。有论者认为，当下诗歌受到传媒、技术、资本和市场的影响太大了，从而丧失了知识分子的立场和批判意识以及先锋精神，如欧阳江河认为当下的“很多泡沫的东西、灰尘的东西，浮在精神的表面、浮在记忆的表面，所以我们的诗歌会是软绵绵的，会是带有消费性质，会是有点颓废，会是有优美，很伤感很自恋很自我的一种崇高，很可能是一种幻觉”。

诗歌的传播与生产从来没有像今天这样迅捷，而诗歌到底给普通受众带来了什么样的影响呢？这种影响到了何种程度呢？这种影响与雷蒙德·卡佛笔下所描画的诗歌“日常交流”是什么样的关系呢——“他在给她念里尔克，一个他崇拜的诗人的诗，她却枕着他的枕头睡着了。他喜欢大声朗诵，念得非常好——声音饱满自信，时而低沉忧郁，时而高昂激越。除了伸手去床头柜上取烟时停顿一下外，他的眼睛一刻也没有离开诗集。这个浑厚的声音把她送进了梦乡，那里有从围着城墙的城市驶出的大篷车和穿袍子的蓄须男子。她听了几分钟，就闭上眼睛睡着了。”（《学生的妻子》）

1

确实，当下中国的社会与文化转型（比如城市化进程、生态危机、乡村问题）使得诗歌写作必须做出调整和应对，甚至一定程度上对赓续的根深蒂固的写作模式和诗歌观念进行校正，尤其是在新闻化的现实境遇面前，对于诗歌这一特殊的“长于发现”的文体类别，在媒体营销式话语充斥每一个人生活空间的时代，找到一首整体性的言之凿凿的具有“发现性”和个人化历史想象力的诗歌其难度是巨大的。当年在荒芜的德令哈的漫天暴雨中，诗人海子最关心的现实不是世界和人类，而是一个姐姐。在四川绵州崎岖难行的山路上杜甫关心的不是自己的前途未卜，而是时刻挂念病重的李白。雾霾、高铁事故、鲁甸地震、天津爆炸、飞机失事等焦点社会现象的背后，还有诸多关联性的场域需要进一步用诗歌的方式去理解和拓宽。而对现实的差异性理解还涉及诗人身份和诗歌功能的问题。无论是希尼强调的诗歌是一种精神的挖掘，还是鲁迅所说的一首诗歌吓不走孙传芳，而一发炮弹就把他打跑了，还是扎加耶夫斯基所强调的诗歌是对残缺的世界尝试赞美，这些对现实的理解以及相应的诗歌功能的强调都使得诗歌的现实写作呈现出了多个路径。而每一个路径都有可能抵达诗歌最高的境界——写作也是一种真理。而具体到当下现实写作的境遇，我们会发现诗人身份的历史惯性也导致了现实化写作的诸多问题和缺陷。当代中国历来缺乏公共知识分子和有机知识分子的传统，这种缺失在新媒体时代被一些好事者扮演成了意见领袖。知识分子精神的缺失从来没有像今天这样在诗歌界以及文学界成了最为尴尬的话题。

回到当下的诗歌现场，这似乎是一个热闹无比的时代，尤其在新媒体和自媒体的推波助澜之下，诗人的自信、野心和自恋癖空前爆棚。面对着难以计数的诗歌生产和日益多元和流行的诗歌“跨界”传播，诗歌似乎又重新“火”起来了，似乎又重新回到了“公众”身边。但是凭我的观感，在看似回暖的诗歌情势下我们必须对当下的诗歌现象予以适时的反思甚至批评。因为在我看来，当下是有“诗歌”而缺乏“好诗”的时代，是有大量的“分行写作者”而缺乏“诗人”的时代，是有热捧、棒喝而缺乏真正意义上的“批评家”的时代。即使是那些被公认的“诗人”也是缺乏应有的“文格”与“人格”的。正因为如此，这是一个“萤火”的诗歌时代，这些微暗的一闪而逝的亮光不足以照亮黑夜。而只有那些真正伟大的诗歌闪电才足以照彻，但是，这是一个被刻意缩小闪电的时刻。“传媒话语膨胀时代”的微信平台因为取消了审查和筛选、甄别机制在一定程度上推动了诗歌多元化发展，使得不同风格和形态的诗歌取得存在合法性的同时也使得各种诗歌进入到鱼龙混杂、良莠不齐的失范状态，随之也降低了诗歌写作与发表的难度。微信等自媒体并不是一个“中性”的传播载体，正如希利斯·米勒在《全球化时代的文学研究还会继续存在吗》一文中所强调和忧虑的那样：“新的媒介不只是原封不动地传播那内容的被动母体，它们都会以自己的方式打造被‘发送’的对象，把其内容改变成该媒体特有的表达。”所以一定条件下新媒体自身的“传播法则”对诗歌的观念、功能、形态以及话语形式和评价标准都会产生影响。就当下诗歌来看，写作者、评论者和传播者的表达欲望被前所未有地激发出来，确实，自媒体时代以令人瞠目的速度催生了大量的分行写作者。注意，我没有使用“诗人”一词，而且这个数字是惊人的，每天都在刷新中。写诗的人多了也不是坏事。但是，很多人却忽略了“写诗的人”并不一定就是“诗人”这一道理。在一次大型的诗歌节上我当着国内很多“大腕诗人”的面说过这样一句话——“诗人”与“写诗的人”并不是可以简单画等号的。在我看来，“诗人”是在技艺、语言、思想甚至行动和品行上都是完整且出色的人。而我们看到的却是写了一两首分行的文字后就大言不惭声称自己是“诗人”“优秀诗人”“著名诗人”——这不是扯淡吗？甚至诗歌界不乏很多“不端”之人。由此我们看到形形色色的各种文化资本的诗歌奖——甚至自己给自己颁奖也已经不再新鲜，且这些奖的名头越来越吓人——动不动就是“国际诗歌节”“国际诗歌奖”“终身成就奖”“杰出诗人奖”。这背后的标准和评价底线是什么？而围绕在这些活动和奖项周边的诗人和所谓的评论家你们问心有愧吗？众多诗人在各种热闹的场合狂欢，集体性地患上了这个时代特有的“热病”。甚至诗歌界的闹剧时时上演，有时候已经不再是咿咿呀呀的粉墨登场，而是赤裸裸的叫嚣和示丑。

2

在由西部回北京的夜路上，我重读了上个世纪80年代骆一禾在给友人的信中对当时诗坛的评骘。我深感于骆一禾的说法对当下的诗坛仍然有效——“现在的诗人在精神生活上极不严肃，有如一些风云人物，花花绿绿的猴子，拼命地发诗，争取参加这个那个协会，及早地盼望豢养起声名，邀呼嬉戏，出卖风度，听说译诗就两眼放光，完全倾覆于一个物质与作伪并存的文人世界”。我觉得时下诗人的写作心态已经发生了巨变。诗人不再是广场上振臂一呼的知识分子英雄和精英，不再是民族和人类的代言人，不再是引领一个时代文化风向标的先锋和创造者，而成了文字中的自恋癖、自大狂、市侩和文化投机者。君不见当下的诗人更多是为评奖写作、为基金写作、为政府和文化单位的奖励写作、为征文写作、为采风写作、为红包写作。独独缺少的是为良心写作、为汉语写作、为本土经验写作，更谈不上当年布罗茨基所说的“诗歌是对人类记忆的表达”了。而到了1990年代后期，诗人们更为频繁地出入咖啡馆、酒吧甚至星级或者洲际大酒店。尤其是在这一时期的女性写作那里，咖啡馆和酒吧更多地成为带有情欲和爱情憧憬的日常空间，“酒吧是一种建筑结构，是一座放满音箱、窗格、花朵、美酒的居室。直到如今，它的幽静而富丽的幻想吸引着爱情，博爱和思念的人们。春天，等到又一个春天到来的时候，那座酒吧等待着我们，就像世界敞开的居室”（海男：《酒吧》）。诗人也仍然在看似认真地讨论诗歌的历史和未来，但是诗人已经显得心不在焉或者力不从心！因为时代和生活的重心已经发生倾斜。尽管在那些五六十年代出生的诗人那里仍然会惯性地在这些公共空间里寻找精神和诗歌的意义，但是对于那些更为年轻的诗人而言，咖啡馆也许与诗歌有关，但是更与越来越没有意义和丧失了精神性诉求的生活有关。

在一个个新鲜的碎片集束化生产的时候，我们讨论新诗从来没有变得像今天这样吊诡而艰难。谈到诗歌的“口味”更是让人瞠目——诗歌的标准以及判断的差异性总是公说公的理婆说婆的理。如果你喜欢用口语大白话，人们会说你的诗过于粗鄙直接；如果你的诗讲究修辞策略喜欢暗示、象征和隐喻，人们就说你的诗云里雾里像小女人一样绕来绕去磨磨唧唧；你写亲吻写身体写做爱，就有人义正辞严骂你是下半身臭流氓大坏蛋；你写宗教写高蹈，就有人说你不接地气有精神病；如果你写宏大题材和主旋律，立刻就有人过来说你是假大空；如果你专注于个人情感世界和私人生活，又会有人指责你不关心现实远离了时代。如此种种诘难就像运动场上，你作为跳高运动员裁判却说你跳得不够远，面对马拉松运动员裁判却说你没有爆发力。甚至在特殊的社会文化语境之下，公众对诗歌的解读（误读）形成集体性的道德判断。甚至，诗歌的历史由此被修改。鉴于新诗话语的特殊性和复杂性以及日益复杂难解的生态场域，那些持“纯诗”立场或“及物写作”“见证诗学”姿态的人们都有完备的理由来为新诗辩护。你可以认为诗歌就是纯粹自足的修辞练习，也可以认为是社会的回音室。但是问题的复杂性恰恰在于缺乏彼此信任和相互沟通的机制。对于新诗而言，任何一种观点、说辞、立场和姿态都会遭遇到其他论调的不满或愤怒。专业的读者和诗人、评论家一直语重心长甚至义愤填膺地强调或警告普通读者要“把诗当做诗”来阅读。可是真正把诗置放于公共空间，诗歌专业人士的“纯诗”愿望必然会落空。“纯诗”和“不纯诗”的相互博弈和胶着构成了诗歌史的两面。诗歌与批评、阅读的复杂共生关系是所有文体中最难以说清的。因为无论诗歌被业内指认为多么繁荣和具有重要性，总会有为数众多的人对诗歌予以批评、取笑、指责、攻讦。这就是“新诗”和“现代诗人”的“原罪”。

3

当年哈特·克兰曾乐观地认为诗歌在机器时代的功能与它在其他任何时代一样，“它对人的价值最综合最完满的表现力仍在本质上不受科学的侵袭”。实际情况是这样的吗?

在一个自媒体全面敞开的时代，在一个新闻化的焦点话题时代，在全面城市化的去除“乡土性”的时代，为何“现实”重新成为写作者最为关注的一个话题？为什么写作与现实生活之间的关系如此密切而又难解？诗人在处理当下现实的时候该如何发声？这种发声是否遇到了来自于文学和社会学新的挑战？一个老生常谈的话题，这就是文学与生活的关系。而今天，已经到了必须重新谈论、认识和评价诗歌写作与现实生活的话题了。由社会关注度极高的“草根诗人”“底层诗人”“工人诗人”“乡土诗人”，我们注意到诗人对现实尤其是社会焦点问题和公共事件的关注从未像今天这样强烈而直接。这一定程度上与媒体开放度有关，比如天津氰化钠爆炸后很短时间内就出现了几十万首的诗歌，但是这些与社会新闻和公共事件直接相关的写作几乎没有可供持续传播和认可的代表性诗作，这些诗歌可能比那片废墟看上去更像是“废墟”。

写作者对生存问题的揭示，对生态环境的忧虑似乎正印证了一句当下最为流行的话——雾霾时代诗人何为？而当下对“诗人与现实”“诗歌与生活”问题的热度不减的争议使得写作者对“现实感”的理解发生分歧。一部分人强调诗歌的“介入”“见证”“及物”“现实性”，强调每一个人都应该站在现场和烟尘滚滚的生活面前，将自己纳入到工厂甚至上千度的高温中去感受生活的残酷性；另一部分则认为诗歌应该保持独立性和纯粹性以及个体主体性，认为应该重新对“生活”“现实”“时代”惊醒衡估和再认识，也就是说难道有诗人是在“生活”之外写作吗？实际上二者各持的观点并非水火不容，关键之处是应注意到诗歌的“现实感”最终是“语言的现实”，因为诗歌的语言不是日常交际和约定俗成的，而是生成性和表现性的。而我们看到的则是微信话语、新闻话语和日常话语等“消息性语言”对“诗意语言”的冲击。而“现实”成为“现实感”必须要通过语言、修辞、记忆、经验和想象力来转换并最终完成为“文本现实”。在写作群体空前庞大、作品数量与日俱增的情势下，写作者的“整体图景”“个人风格”“公信力”“辨识度”正在空前降低。这是个体诗学空前膨胀的时代，而诗歌的现实介入能力、文体创造能力、精神成长能力以及个人化的历史想象里也相应受到阻碍。而新媒体话语对诗人个体性写作的空前鼓吹，全球化语境下诗人的“世界写作”的幻觉膨胀，这都使得私人经验僭越了本土经验，小抒情取代了宏大叙事。也由此使得口语写作、私人经验、个体抒情、消解诗意、日常叙事的无难度写作成为普遍现象，“口语”沦为“口水”，“个体写作”导向的是“平庸”和“碎片化”，“自由”“开放”导向的是“自恋”和“自闭”。换言之，全媒体时代的诗歌写作空间如此开放，而每个人的写作格局和精神世界竟然如此狭仄，每个写作者都在关心自我却缺乏“关怀”，每个人都热衷于发言表态却罕见真正建设性的震撼人心的诗歌文本。这让人们联想到当年

《芝加哥论坛报》对雷蒙德·卡佛的小说评价，人性关怀是第一要素——“他这些角色可能属于混蛋、晦气鬼、失败者、傻瓜、同性恋，但每一个这样的角色又都心存关怀”。

就目前的现实化的诗歌写作现象来看，机器、城市、现代性无论是对个人生活还是整体生存境遇以及精神状态都带来了非常“现实”的影响。值得注意的是，这些诗人都不是一般意义上的“专业诗人”，而是来自于底层和生产一线的打工者。这体现了诗歌的大众化和写作泛化趋向。对于身处底层的工人诗人来说，他们不像其他诗人那样奔赴现实，而是直接身处现实之中。他们的写作是直接来自于自身的生命体验，直接以诗歌和生命体验进行对话，真诚质朴有痛感，是写实写真的具体而感人的“命运之诗”，展示了艺术最原初的鲜活形态。这一文学经验不仅关乎个人冷暖和阶层状态，而且与整个时代精神直接呼应。这些诗朴实、深沉，直接与生命和现实体验对话，具有打动人心的情感力量和现实主义的风格。但是，“底层诗人”“基层诗人”写作也尤其带有明显的局限性，比如对现实和自我的认识深度不够，在处理现实题材和个体经验的时候没较好地完成从“日常现实”到“诗歌现实”的转换、过滤和提升。其中的写作有浮泛、狭窄、单一和道德化倾向，缺乏美学上的创造力，社会学意义大于文学意义。

4

一个不断重临的时代话题，同时也是一个时代诗人所必须面对的难题是，我们都在热衷于谈论诗歌与时代、现实的关联，而我们却时刻在漠视这些日常生活的真实景观与诗歌镜像之间的转化关系。当下诗人热衷于带给我们的是细小、日常、个体的现实，尽管这一切都生发于日常生活流之中，可是它们却呈现了并不轻松的一面。当下很多日益成熟的诗人已经一次次在生活的现场制造了一个个精神生活的寓言。我们需要剥开日常的多层表皮才能与内核和真相相遇。这可能正是诗人们需要做的——文本中的现实。“怎样才能站在生活的面前?”这句疑问正在强烈地敲打每个写作者的内心。实际上，“历史病”有时候就是“现实病”。

当公共生活不断强行进入到个体的现实生活甚至诗歌写作的精神生活当中的时候，应该正视无论是一个政治极权的时代还是紧张而又涣散的城市化时代，我们的精神生活都远没有那么轻松。我在当下很多诗人的文本世界中不断与那些密集的灰色人流相遇，与一个个近乎废弃的落寞的村庄相遇，与一个个大大小小的城市相遇，与一个个车站和一条条交错的道路相遇，与一个个斑驳的内心暗疾或者精神幻象相遇。也许，诗歌从来没有像今天这样成为对照生活的一部分。我们必须重提“生活”“现实”和“时代”这些老旧的字眼，而问题正在于在写作越来越个人、多元和自由的今天，写作的难度正在空前增加。甚至当写作者表达对生活和现实理解的时候，竟然出现了那么多经验和修辞都空前同质化的文本。由此，在诗歌数量不断激增的情势下，做一个有“方向感”和精神难度的可辨识的诗人就显得日益重要，也愈加艰难。尤其是在大数据共享和“泛现实”写作的情势下，个人经验正在被集约化的整体经验所取代。当我们的诗歌中近年来频频出现祖国、时代、现实和人民的时候，我们会形成一个集体性的错觉和幻觉，即诗人和诗歌离现实越来越近了。而事实真是如此吗？显然不是。关涉所谓“现实”的诗歌更多的是仿真器具一样的仿写与套用，诗歌的精神重量已经远远抵不上新媒体时代的一个新闻报道。我们不能不承认在一个寓言化的时代，现实的可能性已经超出了很多作家想象能力的极限。而在此现实和写作情势之下，我们如何能够让写作有更为辽阔的可能？

米沃什就20世纪的西方诗人批评过他们缺乏写作的“真实感”，而到了21世纪的今天这仍然是有力的提请。所以，文学没有进化论，有的只是老调重弹却时时奏效。“诗歌与现实”这一话题的讨论仍将持续。诗人如何在场而又离场？如何本土而又世界？如何个人而又担当？显而易见的一个常识是诗歌不能硬性而直接地与社会生活和公共空间发生关系，而应该保持其独立性和纯粹性。尤其是新世纪以来的社会现实以及新媒体的发展对写作和评论的“现实性”提供了新的课题和挑战，写作的现实性成为不可回避的话题。在一定程度上体验性的写作要比之那些隔靴搔痒通过各种媒体渠道以及飞速的交通工具得来的“一吨鹦鹉的废话”（西川）重要得多，“亲自走在乡间道路上的感受与乘飞机从上面飞过时的感受是不同的”（瓦尔特·本雅明）。当然，这种日常现实写作的热情也伴随着局限和桎梏。这或者正如米沃什所说的诗歌成为时代的

“见证”。然而不得不正视的一个诗学问题是，很多写作者在看似赢得了“社会现实”的同时，却丧失了文学自身的美学道德和诗学底线。也就是说很多诗人充当了布罗姆所批评的业余的政治家、半吊子社会学家、不胜任的人类学家、平庸的哲学家以及武断的文化史家的角色。换言之，在当下很多现实题材的写作那里，社会学僭越了文学，伦理学超越了美学。这无形中形成了一个悖论：在每一个诗人津津乐道于自己离现实如此贴近的时候，我们却发现他们集体缺失了“文学现实感”。

5

随着城市化进程的快速推进，空间和地方所承载的这种文化和诗学的维度不断在削弱并受到前所未有的挑战。曾经的地方性知识在这种高速城市化的时代和交通工具迅疾发展的时代渐渐成了被弃置之物，很多城市空间所呈现出来的同质化东西越来越多。我们去任何一个城市和地方，直接呈现给我们的就是铺天盖地故意煽情的房地产广告。而我们看到的则是每个城市雷同的建筑风格以及相似的生活经验与精神状态。北京、上海、广州等一线城市以及大大小小的二线、三线城市正在成为中国现代性巨兽的“欲望之城”。它能使你神经兴奋，使你感官敏锐。图画、音乐、街上的喧嚣、店铺、花市、时装、衣料、诗、思想，似乎一切都把人引向半感官、半理智的心醉神迷的境地。甚至在诗人廖伟棠看来，曾经的具有“波西米亚”特征的香港也正经历了巨大“岁月神偷”般的“地方性”巨变。当廖伟棠因为工作和爱情的原因一次次深入了解了北京，北京也在他的诗歌中呈现为想象中的历史和日常城市生活之间的错位、摩擦和龃龉。1936年卓别林的《摩登时代》正在21世纪的中国上演——人与机器的战争、城市与故乡的对垒。对于当年的曼德尔施塔姆而言，城市在诗歌中尽管也是悲剧性的，但是仍然是熟悉的记忆，“我回到我的城市，熟悉如眼泪，如静脉，如童年的腮腺炎”。但是对于谢湘南这样经历了由乡村到城市、由故乡到异地的剧烈时代转捩的一代人而言，他们仿佛是突然之间由乡村被空投到城市。由此，卡夫卡式的陌生、分裂、紧张、焦灼成了“异乡人”的时代体验和诗歌话语的精神征候。

曾经的故地已经成为拆迁的城市化时代的一个个被操作和涂抹的经济利益驱动的抽象数字。一个个地方和空间已经在不复存在中成为痛苦的记忆。对于当下中国诗人而言，城市、广场、街道、厂区、农村、城郊、“高尚”社区、私人会馆无不体现了空间以及建筑等的伦理功能。城市背景下的诗歌写作很容易走向两个极端，一个是插科打诨或者声色犬马，另一个则是走向逃避、自我沉溺甚至愤怒的批判。

诗人患上了深深的时间焦虑症，往事的记忆成为病痛，犹如体内的桃花短暂的饱满、红润过后就是长久的荒芜、无尽的迷乱与哀愁。这是新世纪一代人的“回乡偶书”，不一样的时代却是同样的陌生、荒诞、痛彻骨髓。在故乡和时代面前，“诗人”身份显得空前可疑。故乡的土路充满泥泞，当有一天它们被翻建成了公路，我们会有感于时代的交通方便，但与此同时以水泥路为原点扩散开来的区域永远不再适合种植庄稼、道义和良知了。我们已经无乡可返，可我们却在文字中一次次乐此不疲地制造着归来的梦幻。诗歌成为回家的梯子，而面对永失的故乡我们最多是自相矛盾的造梦者。值得注意的是，一些诗人关于“节气”的诗歌写作，这反拨了物理时间和公元纪年对一个国度集体想象的覆盖和漠视。当时间最终以“节气”的本土方式呈现的时候，很多东西都在重新翻动中值得我们在现代化的路上不断检视和自省。在“失去中寻找”正是中国诗歌的一个悲剧性命运。当年那些先锋诗人曾不断以铁轨和远方来强势表征一代人的梦想与荣光，但是到了当下诗人这里，“火车”和“铁轨”作为时间和时代的双重表征在碾压过后留下的却是“孤独”“卑微”“冷酷”，甚至还有“死亡”以及同样被碾压的“村庄”的“心脏”。

在这样一个去地方化的经验趋同的时代，诗人该如何写作？诗歌写作不光是个人美学和语言学上的成就，它还应该与空间、历史、文化、时代以及现场发生摩擦和对话关系。所以不管是从历史的维度还是从诗学自身来说，诗歌与空间和地理的关系是值得深入谈论的。诗人在某一个空间上不管是日常生活还是精神成长，有一个关键词在中国一直是有禁忌的。这就是身体诗学。当把它还原为地理空间的时候，我们会发现在任何一个地方，人的成长，不管是物理的生长状态还是人与周边环境和历史文化以及习惯的关系，都是融入到血液里面去的。也就是人是从地方生长出来的，而诗歌是从身体中生长出来的。简单举例，江南的诗歌与西藏的诗歌有着本质的区别。百年以来的新诗研究者，对诗歌与空间的关系有过一些精辟的论述，但是不多。现在阅读很多杂志包括民族性质的杂志，很多诗人都强调我是什么什么族，但你看他的诗歌跟他的身份、地方性却没有任何关系。当强调诗人身份的时候，特殊的空间，民族性的空间，或者行政性的区域却与诗人身份和写作之间出现了严重脱节。在一个诗人身上我们看不到他背后有那么强大的悠久的历史支持和文化滋养，看不到地理精神征候和相应的诗歌传统。我们此前一直强调的是诗歌的政治化，后来到80年代以来一直强调的则是诗歌的个人化。这种个人化写作在不断地强化和膨胀自我主体性的同时也会带来另外一些问题。包括80年代的海子，为什么他在诗歌里面不断地转向高原和西南地区，这就是地方性和理想主义造就出的海子这样一个行动性的诗人。我觉得在当下的中国诗歌里面已经看不到所谓任何的神秘性、精神性以及向上的思想，我看到的更多的是日常性和表层化叙述。很多的日常性让我们感受不到任何能震撼我们灵魂的东西，这个时代的写作我觉得诗人的写作姿态变了，变得贫乏而虚弱。诗人不是在“高原”和“远方”写作，而是沉溺在日常经验当中。当写作、发表、评奖、出版变得如此简单而随意，当自媒体时代每个人接受的信息如出一辙，当每个人都在拿手机幻觉享有了整个世界的时候，每个人都变得如此惊人地相像。那么我们如何发现自我的特质，发现这种空间和地带差异性就变得非常艰难了。

当诗人更多地胶着于现实写作的时候，当人们更多在生存空间为日常生活计较得失的时候，精神的空间与远方正在空前消减。尤其是高速发展全面推进的城市化时代，通过一个个密集而又高速的航线、高铁、城铁、动车、高速公路、国家公路正在消解“地方”的差异性。拆除法则以及“地方”差异性空间的取消都使得没有“远方”的时代正在来临。当年著名的作家、诺贝尔文学奖获得者索尔·贝娄说过这样一句话——过去的人死在亲人怀里，现在的人死在高速公路上。这正在成为世界性的事实。

几十年来对于这条故乡的河流我倍感陌生，尽管儿时门前的河水大雨暴涨时能够淹没那条并不宽阔的乡间土路。甚至在1990年夏天的特大暴雨时，门前的河水居然上涨了两米多到了院墙外的台阶上。那时我15岁，似乎并没有因遭受暴雨和涝灾而苦恼，而是沿着被水淹没的道路深一脚浅一脚地去抓鱼。那时的乡村实际上已经没有道路可言，巨大的白杨树竟然被连根拔起而交错倒在水中。在无数次回乡的路上，我遭遇的则是当年“流放者归来”一样的命运——“他在寻找已经不再存在的东西。他所寻找的并不是他的童年，当然，童年是一去不复返的，而是从童年起就永远不忘的一种特质，一种身有所属之感，一种生活于故乡之感，那里的人说他的方言，有和他共同的兴趣。现在他身无所属——自从新混凝土公路建成，家乡变了样；树林消失了，茂密的铁杉树被砍倒了，原来是树林的地方只剩下树桩、枯干的树梢、枝丫和木柴。人也变了——他现在可以写他们，但不能为他们写作，不能重新加入他们的共同生活。而且，他自己也变了，无论他在哪里生活，他都是个陌生人”。

暴雨是城市的零件

◎王子瓜

1

在苏宁大厦下车，
风绕着避雷针
把乌云卷成一团棉花糖。

站台前，
糖的弧线仍在涌动，
雨刷不断擦拭着夜晚。

故土披上一层糖衣
我举起一把
来自南方的伞。
琵琶雨和
银河粉
湿路打开街灯的折扇。

我们对视，
像两粒黯淡的梅子
等待失控，
等待捏它的力。
闪电抽出了夜的刀鞘

2

激动的火星上
雨滴落进雨的蒸汽。

北方炭色的残骸
被我们的锋利
钻石般削尖。

我的头发里也有
一根雷电
废矿之都吸引着我
我的头发匿藏着
北方使森林疯长的力。

我停在桥头，
北方塌陷的矿山
获得了一只锋利的候鸟。

他朝面前的故土
伸出羽毛
像灯塔柔软地
钳住大海
他钳住北方所有坚硬的事物
像钟表微小的发条
让万千星辰
毫无意义，

但不得不跟随它
一起旋转，一圈一圈。

（原载《草堂》2017年第3期）

低空篇

◎秦三澍

不会更高，是失去海拔的夜空，
是距离，从按门铃的指尖
压住深陷于食物的发烫的勺。

是让人担忧的餐具散出冷光，
把双份的病症，搅拌进数月后
咳喘着向我们举步的雪地里。

是勺子用金属的舌头卷起
碗底凉透的白粒，是一次外出
摇醒它：犹豫以至于昏睡的定音锤。

是脚，是离开的必然，让位于次要。
是天真的纤维，你显现它
只能求助于夜空替你掀开眼睑。

是你的手拧动另一种潮湿，
仿佛将要丢失的躁意
透过门缝，扶正屋内折断的香气。

（原载《草堂》2017年第5期）

没有一只鸟会把天空占为己有

◎谢小灵

庭院的光与影都是活泼宁静的
连同我对你的爱恋也是平静的悲伤
月光源源不断流向果木，树荫
鸡笼边深睡的鸡。浅睡的青菜，潜入深水的鱼
桂花香气在你我之间像个不存在的发言人

你不来，虚空也是多余的
已经数不过来，秋天牵走了多少雨水送给树叶的河流
河山被谁压在眼皮底下，一朵花在石头里静静开着
几根白发沦陷在青丝万缕之中
要想让任何一根飞出视线，无异于大海捞针
当你命中目标都会伤及周围的一些黑发
就这样一剪刀剪下去，又让我平添一种扔掉人质的沉重。

（原载《中国诗歌》2017年第4期）

对于生活

◎焦窈瑶

对于生活，太熟悉了，其中
必埋伏一种危险，像猎人
迟钝的眼力，举不动海鸥的手。
关于生活的熟悉我知之甚少，
器皿的温度标记过流连
（经验那么稀少）
句法连缀的是日子
散漫的结构。于是需要一个
几何式的塑造吗？即便
生活的质感缺失星辰的材质而
你的运笔又过于粗糙
可终究你要一一澄清他们：
果香的吸收，如何通过
蜜的电波，掌印如何烙入
丝缕羁绊，命运如何威慑取决于你
如何撤身，及时地，从他们
对你的诘问之中。

（原载《诗歌月刊》2017年第7期）

语 言

◎李梦凡

两岁的侄子在练习说话
他的舌头短小
像是一块充水的海绵
又十分柔软，总能挤出一些水来
拍打着岸边的沙滩，椰树
或者，拍打在几块礁石上面
惊起一群海鸥

（原载《诗歌月刊》2017年第1期）

独　处

◎尘　轩

坐在炉火旁，或一盏灯下
我忽闪忽闪的孤独
在这宇宙的一颗尘埃上，能有多重？

被时间劫掠的事物，还很年轻
夜空把星辰分开，彩色的命将你我分开
我们能否在同一个地平线上，再次相遇？

松开亲人、朋友，再松开睡眠
松开黎明，再松开离落的火光
我的孤独，是大白于天下
还是，无限接近背光的夜色？

（原载《中国诗歌》2017年第5期）

我不再是单独的

◎艾　蔻

我分不清自己和其他
我不再打开窗户听雨
我就是其中一滴

（原载《凤凰》2017年上半年刊）

长安下雪了

◎马慧聪

一夜之间
雪落下来
还在落

我抬头望了望
雪能落下来
整座天空和疲倦
落不下来

就像树叶扛不过秋
雪也扛不过冬
落下来

长安下雪了，落到雾霾上
还要落到
更多人的心上

（原载《上海诗人》2017年第2期）

自 忖

◎李聿中

我愿邂逅繁多春吟
颤颤地撒上虚度的黎明
退避无情的幕痕
自忖波心的明镜
月影不像那绺窃
不愿失足一切洁净
换取这自负的光阴
久违的酣畅散去
一指挥度竟是半生溜去
对梦诉说失约的想念
孤僻地自忖到天明

（原载《作家》2017年第4期）

很多年

◎沈木槿

是什么让你出去
是什么让你呆着
是什么让你
一个人，暮色四合中
在房间里坐立不安

（原载《西湖》2017 年第 2 期）

无题诗

◎游　离

当天色越来越暗
我们已经无话可说

我们说：哦，麦子

（原载《三角帆》2017年夏卷）

一件入室盗窃案

◎石　头

从二十六楼
砸开玻璃
钻进去
用秘制炸药
打开保险柜
一捆一捆的钞票
下面
是一个破旧的
塑料文具盒
里面放着
他找的
半块橡皮擦

（原载《南方文学》2017年第3期）

密　语

◎黍不语

有时候我会，陷入莫名的悲伤
阳光照在我身上
带着众多陌生的影子
花朵满怀喜悦，仍开在去年的枝头
云和雪
在永恒的空中飘荡
我感到一种，伟大的厌倦和绝望
无论我怀着怎样的
力量和慈悲，在被用旧的人世
我都无法献给你
一份新鲜而安详的爱情

（原载《扬子江诗刊》2017年第4期）

一生中有多少个这样的傍晚

◎熊　曼

我记得那是一个夏日
一轮落日在天边燃烧
灰烬落满大地

我记得晚风吹过你们的黑发
在它彻底变白以前

贺兰山并不陡峭的高度和无尽的沟壑
仿佛人间的不平事
正逐渐有了温柔的轮廓

我记得一切仿佛刚刚开始
而又沧桑难辨

（原载《海峡诗人·2017夏》）

蘑 菇

◎康 雪

今日寒露。如果下点雨就好了
往年这个时候，我们挎着篮子或桶
走遍了每一片枞树林。
蘑菇不需要真的存在，在温柔的
俯身中
我们与大地坦诚相待，并获得
一种生活之外的深情——
我们并没有太多机会与天真的自己
独处。这蘑菇呀，可爱的、天赐的童年
这神秘的孤独
我们有幸，在寻求中就得到满足。

（原载《广西文学》2017年第6期）

买马去天涯

◎牟　欢

月亮藏在飞鹰的翅膀里
星星不见踪影

风很有嚼劲
羚羊、女人欢快跳跃的夜里
我想买匹马远走天涯

如今你恐怕忘了我这个深夜买马的女子
也不知道我的马化成了月亮，在某处安详终老
去往天涯的时候，我看见
你的眼睛以细长的姿态落在河里
你的心跳在打磨一串念珠

买马时，你说
去找你自己，去追随月亮，和隐没的星
掂量着我给你的银子，你给了我这匹灰色母马

（原载《星星》上旬刊2017年第9期）

菜园散步

◎卢悦宁

芫荽、莴苣、油麦菜……
万物与我都经历了一些磨难
隐秘的，不大不小的。
除夕的上午
我与这些深深浅浅的绿色
一同被暖阳照耀。
它们在进行光合作用
我在反刍自己的喜悦与疼痛。
风停雨住之后，是人间的好时候
我需要在老家的菜园里不停散步
孤独地，周而复始地。
这也是虫子们的好时候
大地草木葳蕤，为它们遮天蔽日。

（原载《诗歌月刊》2017年第7期）

生　命

◎黑　多

四月，透过车窗我看远方，遥远的白杨林
正在日落之际呈现山丘的姿态
而车窗内，我的身体随列车飞驰
却无法穿越外面那无垠的麦地
与无垠的麦地作伴
一片野花，在微风中执手
一朵朵相互簇拥着，开到小路的尽头
一只白羊，低头吃草
偶尔抬眼看看村庄的方向
四月，倘若一直向东走
它们与我，是否就会走到太阳初升之地?
再一直向东，就将见到母亲金黄的背影
站在大海边，幽蓝的海水闪闪发亮
洇湿她的脚踝与衣裳

（原载《诗歌月刊》2017年第7期）

越来越接近现实了

◎孙　念

这么久了，还是习惯沿小路走下去
越走越紧的路途
被我用消瘦的身体一直包容住
寂静的路上啊，风都禁不住喉咙
为什么已经臃肿的身体还要禁住欲望

道路两侧的夜晚，分明在小心翼翼地
分娩着躁动与喧嚣
满是泥水的裤筒，不自觉地瑟瑟发抖
被月光越梳越紧的芨芨草
也越发坚硬

如果熟悉的皱纹能够收纳
每一份雨水，那么村子里的倒影
一定是我摸开的孤独
从外面走回家的过程，二十多年了
我知道越来越接近现实了

（原载《诗歌风尚》2017年第1卷）

引　路

◎林宗龙

踏上布满青苔的台阶，
我踩着夜晚掉下来的新鲜叶子，
轻微的窸窣声，
传向那条被荆棘淹没的小径，
充满未知和无尽，可能会碰上
野兽和坏天气。
可能会遭遇雪融化后
所带来的寂静。
为了证实那些可能，你拍了拍
我的肩膀，让我继续引路。
从葡萄架子倾泻下来的月光，
均匀地照着我，
我感到前所未有的自由，
我和我的身体来到了大自然
最隐秘的深处。

（原载《诗歌风尚》2017年第1卷）

屋顶的雪

◎铁　头

雪，悄悄爬上屋顶
却发现自己下不来了
最后
它们死了
化成一摊水
掉了下来

（原载《黄河文学》2017年第2、3期）

第二杯茶

◎羽微微

此时风吹过
此时她的情绪在变化
此时她是
紫色的。是旋转的。是往门外奔跑的
但接着来的一阵风
吹散了这些
她端坐在窗口的位置
开始喝第二杯茶

（原载《鸭绿江》2017年第4期）

牙

◎雪　松

被硌掉的牙掉在地上
这是我身体上掉下来的
唯一能发出声音的东西
我用手指捏住它，端详它
它像个千疮百孔的小城堡
一面已经被攻打得很平滑
另一面则陡峭、尖锐
面对食物的枪林弹雨，它再也
抵抗不住——我捏着它
整整一上午，我不知道应该把它
放在哪儿，是丢进垃圾桶
还是把它放在这首诗里
我就这样捏着，深感处理
自己器官的困难
而它在我手上仍在发出声音
仿佛在说：我和这个世界
还不算完

（原载《西湖》2017年第5期）

乡村生活

◎徐俊国

有一种昆虫　叫声太亲切了
我想成为其中的一只
有一把镰刀太锋利了
我想长成它的芦苇和稻草
有一种生活简单得让人甘愿受穷
有一种情感浓烈得让人欲罢不能
把我的肉体埋在那片土地上
允许我发芽
允许我认出每一种春风吹又生的小草
深深弯腰　并脱口喊出故乡的名字

（原载《赣西文学》2017年夏季号）

欢愉之镜

◎蒋志武

被弹奏的灰尘再次潜入大地
欢愉之镜，照射地球
围墙，弃掷的果核
偷窥者蔓延，流星划过花园
一只俯冲下来的鸟
在镜子边舞蹈

影子，带走的装饰
在背靠阴影的未见部分
我留下了痕迹，以及幽默
对不可预见之物
我不会歌颂它

欢愉之镜，现实被理想指教
我们，一个个献身于荫蔽中
又在观望藏在背后的自己
谁，口袋里有一片镜子
乌云化成了雨滴

（原载《青年作家》2017年第6期）

删　除

◎雨倾城

瞳孔里删除火
干瘪的乳房里删除抚摸
靠窗的位置删除岁月
微信群朋友圈新浪微博电话联系人删除纠结
去还乡河马蹄泉景钟山的长途中删除爱恨
燕山路幸福道旁的人流攘攘里删除悲戚
桃花出嫁的园林删除幻觉
无边的孤寂里找你的路上，再删除一个
提灯的我

（原载《草堂》2017年第3期）

我常常忍住闪电

◎张牧宇

秋天开始绚烂，饱满
面对即将的斑斓和收获
之后的衰落与荒凉是这样猝不及防

夜一深再深，星星更加清冽
呼出霜和白
我拼命忍住闪电，不让雨水落下来

（原载《诗潮》2017年第1期）

河流从不催促过河的人

◎谈　骁

雨后，伍家河涨水了
石头太滑，不能踩
有水沫的地方看不清深浅，不能踩
水清的地方，比看到的要深，不能踩
好在河岸很长，河道转弯的地方
藏着让一切变慢的细沙
这是伍家河温柔的部分
河水平缓，低于我们卷起的裤腿
对岸也平缓，伍家河从不催促一个过河的人

（原载《长江文艺》上半月刊2017年第3期）

羊角之诗

◎胡　弦

吃掉一只羊，
得到它的骨头，
但不包括它的两只角。

吃掉一只羊，
吃掉食谱、社会学、烹调术……
并把这些写进书里，
但不包括它的两只角。

两只角。徒然地
听着羊的悲啼，在它头上
晃来晃去的两只角。

（原载《星星》上旬刊2017年第8期）

猪圈之歌

◎张执浩

一群猪崽围着猪槽争食
总有一头悻悻的，另外
那头一副趾高气扬的样子
一群猪崽抬头望着半堵墙壁
阳光照着它们相似的嘴脸
你趴在墙头努力辨认它们的命运
腊月的气味在屋檐下盘旋
猪崽们挤在一起深情地嗅来嗅去

（原载《草堂》2017年第3期）

被词语找到的人

◎张执浩

平静找上门来了
并不叩门，径直走近我
对我说：你很平静
慵懒找上门来了
带着一张灰色的毛毯
挨我坐下，将毛毯一角

轻轻搭在我的膝盖上
健忘找上门来了
推开门的时候光亮中
有一串灰尘仆仆的影子
让我用浑浊的眼睛辨认它们
让我这样反复呢喃：你好啊
慈祥从我递出去的手掌开始
慢慢扩展到了我的眼神和笑容里
我融化在了这个人的体内
仿佛是在看一部默片
大厅里只有胶片的转动声
当镜头转向寂寥的旷野
悲伤找上门来了
幸存者爬过弹坑，铁丝网和水潭
回到被尸体填满的掩体中
没有人见识过他的悔恨
但我曾在凌晨时分咬着被角抽泣
为我们不可避免的命运
为这些曾经以为遥不可及的词语
一个一个找上门来
填满了我
替代了我

（原载《长江文艺》上半月刊2017年第6期）

一种化境

◎泉　子

比较而言，东方诗歌是更难被翻译的，
因它从来追求的是逸品，一种化境，
是那只可意会不可言传的部分。

（原载《作家》2017 年第 9 期）

我已获得它的浩荡

◎泉　子

这洪水般的人流中，
我是最新的一滴，
我已获得它的浩荡，
也获得了这逝者如斯夫中的
孤独与怅惘。

（原载《读诗》2017 年第 1 卷）

奏　鸣

◎朵　渔

早晨的一阵清风
让我变得轻盈
人在风中会变轻
在雪中会变得纯洁
在雨中会变得多愁善感
但人是什么——在风、雨和雪中
当我说“我、我、我”时
我并不真切地知道我在说谁
有时我会呆呆地望着鸟群
并无所悟，毕竟，人是人，鸟是鸟
更多情况下，这只是一种
漫无目的的思绪
我们不拥有任何事物
甚至不拥有自己
清风，细雨，鸟群
如一架旧钢琴
在心中奏鸣

（原载《人民文学》2017年第7期）

诗　人

◎蓝　蓝

你在灯前写诗，夜是你扩展的影子。

你思索
像一盏灯招来四野飞舞的昆虫。

豆娘，红缘夜蛾，金龟子
在灯罩上撞得丁丁直响。

白昼，你是一棵为赤蛱蝶所深爱的苎麻
被它那大自然所诞生的热情吃掉；

夜晚，你是一只扑向光明的翅膀闪闪的青蛉
为恐怖而猛烈的火舌所吞噬。

（原载《诗歌风赏》2017年第2卷）

博物馆里的一件绣花兜肚

◎孙慧峰

古老上绣满鸳鸯
我把脑袋靠在它上面
就是靠着恩爱时间的厚度

古老上绣满平行的丘陵
我把身体靠在它们的上面
就是靠着存在空间的广度。

我靠近你的脸。过去
稠密未来。未来还没有开门
我在你的脸上寻找出路。

我摘除你脸上细小的恍惚。
道路放假。石头融化。
一口水井，藏在灌木丛深处。

时间的飞行是如此迅速
而我的灵魂里
古老的艺术有着无比缓慢的速度。

（原载《作家》2017年第3期）

和另一棵树

◎李郁葱

它们的交谈，在身体与身体之间
当我们倾心于某一个傍晚
以一种隐秘的方式，记住我们的脸
在漫步和被挽留的石阶上
那个闲庭信步的人，来去匆匆
当他走入那树林，在树干与树干的距离中
他的记忆，像是一条街道
绵延于他的身体：当记忆醒来
在阳光落下的尘埃里，这斑驳
比如阴山脚下的那顶帐篷
倾听到雨落的草原，而那双劳作的手
想起了一个动作，却并不意味深长
在那棵树的姿态里，我
看到另一棵树，它们有点儿相似
但那棵孤独屹立在草原上的
几乎是一种象征，而它，隐匿于这片林中
这走来之树，我能够叫出它的名字吗？
假如它关于一个记忆：在我
手臂环抱的大小里，它是一座虚构之城
它接纳了我，一个虚荣的游客
如果有鸟和莫名的野兽
偶尔到来，我在这静止中保持了动
而在彼此模仿的树和树之间

是怎么样的人想成为另一棵？
但是的，我们还能够向下更深一点

（原载《作家》2017年第4期）

晚　年

◎代　薇

晚年应该止语
如格言，如钻石
惜字如金
“一只风平浪静的枕头”
它是晚祷的钟声
每一下——
都放弃了野心

心爱之物

◎代　薇

昨夜又梦见你了
你回到我们中间
像远行归来的旅人
“脱落的阳台没有阳光，也没有早餐。”
即使是在梦里
我也清楚这是假的
空间的转移获得了
时间的深度
梦见你，那绝望的美妙

就像奋不顾身跑回正在失火的房子里
取我的心爱之物。

（原载《作家》2017年第10期）

立 春

◎冯 晏

雀鸣，让每一根树枝都成为一支短笛，
去搜索吧，那些错过时未曾启用之词。
裂缝正朝我蔓延过来的那条冰河，
立春，转动着钥匙。
是时候放出被困在思想里的狮子、海豹了，
以及沙漠、花园和蜥蜴。
在解冻之季通往海市蜃楼的梦境里，
人类都在潜水。
窗外，树杈间落成一个新鸟巢，
翅膀还没有从双肩分裂出来。
我阅读被编织的红柳，
仰望嘴唇筑起的黑色空间。
歌剧院，潜能在声音里轰鸣、上升，
从泥土深处到时间之外。
远处，我听见沙哑的灵魂骑上一只野兔，
绒毛翻动枯草，
穿过我献给荒原的耳朵。

（原载《作家》2017年第10期）

急需品

◎毛　子

急需一对马蹄铁
急需一副轭
急需一根
老扁担

急需警报
急需盐
急需鸡蛋，急需更多的鸡蛋
去碰石头

急需纱布，急需手帕
急需一块跪下来的
毯子

多么紧缺的清单，容我用它们来建设
容我像一台报废的发报机
慢慢消化
来自暗室的声音

（原载《鸭绿江》2017年第5期）

人们身上全是名牌

◎刘　川

这群人身上
全是名牌
衣服、裤子
背包、手链
领带、袜子
手机、相机
手表、裤带
内衣、内裤
护肤品、香水
发胶、口红、指甲油……
总之，他们身上
全是名牌
这些名贵的牌子我全认识
这群人
我一个也不认识

（原载《桃花源诗季》2017年春季刊）

嘉平夜看流星雨

◎谈雅丽

我梦见自己身披尘埃，站在光中
蓝色的雨在坠落
直到化身万籁星辰中的一点

看流星雨应到壶瓶山巅
在淙淙溪水中，让星光将自己洗得遍体通透
看流星雨可去遥远的南沙
坠星如箭，溅起大海一片波光
看流星雨也可以去雪霁后的田野
捕捉一种上升，在银河连通雪夜的瞬间

今夜我锁在一个贴山宾馆
雾霾很重，孤灯万盏
不足以点燃一双扑朔迷离的眼睛
黑暗与灯火的交锋，在十一楼
我俯看的，一条深灰的江中涌动

我满怀深情热爱你
如这亿万年的存在，却不料一宿降落
不急不缓，不伤不痛
我原有更多的梦境
和一个最小、最年轻的愿望
借流光化成窗外灯火一片

（原载《桃花源诗季》2017年春季刊）

可不可以这么说

◎宋晓杰

嚣嚷把你推来搡去
黑夜使你还魂
亲爱的，光亮需要克制、隐忍
需要煤的沉积，越来越没有脾气
而多数时候要做的
是用清霜和磨难，刷洗骨头
越来越薄，越来越硬

我眼睁睁地看着你
虚寒而无助
——如果能扶你一把
其实也是帮到了我自己

（原载《作家》2017年第11期）

眼　睛

◎郑小琼

我迷恋暗夜那双看不见的眼睛，闪烁
往昔残留迹痕，附体废墟身上的精灵
传闻让玫瑰庄园变神圣，废弃干枯井间
没找到水鬼与蛇精的洞穴，发臭腐败的泥

缠绕植物的根、叶、虫尸。冷漠的现实
击碎深处的幻想，井下无数未知的事物
隐匿，井洞清澈的回声，水中倒影、天空
消失，绳子断裂泥里，地上与地下，生与死

水井，古老而神秘的连通器，它掘开未知的
地下，它像大地上的眼睛。砸烂的墙、木头
石块，门敞开，像张开的嘴，房内凌乱
如今它沉默，阳光静悄悄照耀庄园

神秘像幻觉，在耳边响起，在后花园
它仅仅是记忆，它会闪烁，会溅起水花
虚构的细节，我相信古老的神秘的
素描，它们无关冰冷而坚硬的事实

简单宁静，温热轻盈，踉跄在童年
树叶中迷失黑暗的精灵，也是我
无法触摸的星辰降临人间，带来的神秘
给幽闭生活带来梦境，呈现的风景

在树木与井的形体外，它用古老语言叙述
幽秘处的心灵，玫瑰庄园有一双神秘的眼睛
在漆黑的睡眠中，藏匿暗处的幻觉会出现
在颗颗寂静迷惘的心灵，闪烁，黑暗中

（原载《中国诗人》2017年第2卷）

我如何勒住诗中的瀑布

◎张巧慧

手生了。用将近一年的时光去忘却。
我不愿这是一门技术活

相濡以沫，不如相忘于江湖
她仅是昙花。

把叙事的结构拆解开
我还没有学会抒情

每一个转折都是瀑布
句子与句子间的转折也是瀑布

节制，像某一年被冻住的飞瀑
或戛然而止的通信

她堕落得多么快啊，根本来不及解释
我如何用一句诗勒住瀑布

——但她至今仍是观瀑的人。

（原载《作家》2017年第11期）

疼痛是一种燃烧

◎秀　枝

它一定是备足了干透了的茅草，枯枝败叶
一年当中死去的那部分
累积了太多的急躁，焦虑，灼热
达到了一个燃点，蓄足爆发之力
它是潜藏在火山国度的一个幽灵
内部盛满殷红的岩浆

疼痛是一种燃烧
在身体上升起熊熊烈焰
随风席卷，发出噼啪之声
它将要焚毁原有的肌肤、血脉，甚至骨骼
它制造破裂、坍塌、覆盖、埋葬
它会猝然莅临，又会夺门而去
陈旧的一切顷刻间化为灰烬

而我如此安详
一场大火之后，世界或许面目全非
爱情或许颠沛流离

（原载《作家》2017年第5期）

黄豆地

◎于贵锋

连成片的，大面积的黄豆地
这叶子在一点点落的
这黄豆荚在露出来的
这一颗颗黄豆在黄豆荚里鼓起来的
黄豆地
一个人在它的前面站着
就像站在她理解的、经历的生活前面
荒凉，而饱满

（原载《扬子江诗刊》2017年第5期）

奇怪的小鸟

◎颜梅玖

这些小鸟多么奇怪啊
每只都美得那么炫目
它们从波兰，秘鲁，波西米亚，东非，南美洲和太平洋
飞到我的手机里
或双翅微合，或曲伸颈项，眉目传情
它们炫耀着艳丽的羽毛——
鲜红，灰蓝，猩红，青绿，鹅黄，珐琅蓝，柠檬
橄榄绿，红豆灰，莹白，玄青，粉紫，墨灰，钴蓝
茶绿，红褐，苔藓绿，灰棕……
我居然数出了128种颜色
谈到它们的名字：
蓝凤冠鸠，安第斯冠伞鸟，啸鹭，知更鸟
萨克森风鸟，姬鹟，蕉鹃，大军舰鸟，角蜂鸟
印加燕鸥，鹟莺，巨嘴鸟，极乐鸟，鲸头鹳，流苏鹬
冠斑犀鸟，王霸鹟，黑脸琵鹭……
多奇怪的小鸟啊
35种小鸟。多奇怪
你走后，我什么也没做
我只是把它们的名字都记住了

（原载《读诗》2017年第2期）

沿海岸行驶

◎路　也

铁轨在延伸，在继续
与海岸平行紧挨，这种相伴多么靠谱

挨着车窗，越过次生林望见海
海水绿得温存，它的宽松袍子那么合身

火车开上一座座铁桥
有相当一段路途，是行驶在大西洋上
天空把孤独投射在海面
火车从一头鲸旁一闪而过

山坡上，一幢白房子怀抱着花
俯身眺望大海
海鸥飞越车厢，鸣叫声里有对春天的庆祝

那些沙滩仰卧着，几乎还是空的
废船旁有一只去年的水罐
狗奔向大海，遛狗人用绳索牵引它对自由的向往

有的事物生来就要延伸，像铁轨和海岸线
还有我此刻的思想
它们将一齐抵达前方的海湾与河口
临时打一个名叫波士顿的结

（原载《星星》上旬刊2017年第5期）

台　阶

◎曾　蒙

描绘这个房间有点难：
靠近悬崖，木质结构，水流声
从容地铺向台阶。必须有落叶，
以及从四面吹来的风。
还有靠墙的蓑衣，夏日的草帽，
衣钩上，还挂着一件衣裳。

雅砻江从面前流过，
蓝色的水面看似平静，
被几块大石头冲击后，
水浪掀起白花花的波浪。对面的山，
在清晨里总有薄雾散开又合拢。
像本书，在睡意中垂下。

经常来到这里寻找青春。
那些年，我以狂妄的热情无视这些建筑
落花以及流水。岸边，我丢失的
脚印没有镂花的图案。多年过去，
浪花奔涌，窗边传播寂寞的清凉。
把双手捧在嘴边，下午的树枝舒展开来。

（原载《诗歌月刊》2017年第1期）

人世间

◎南　子

这簇新而又古老的人世间啊
——我恭领命运中的黑暗宝藏
它们的广阔体温
注定成为我身体中的隐秘星团

（原载《读诗》2017年第1卷）

当桃花陨落……

◎育　邦

月光洒在年轻的面孔上
收割机已锈迹斑斑
可是我们还清晰地记得
它冲进一望无垠的麦浪中
轰鸣作响的兴奋
我们天真地以为
我们会永远拥有
原野，河流和蛙声
我们拥有暮色中的鲜花盛开
——声声作响的协奏
我们生命的某一部分停驻在那儿
——人们廉价地称之为乡愁
是的，没有纪念碑
关于故乡的消息
如风一般，在这冷冷的丛林中飘荡
当桃花陨落
我才看见你从一片茫茫的水域中升起
在春天，在桃花林
你听到回声
那个渐渐走向孤独的孩子
正小心翼翼地保存起那片花瓣
——人类记忆中最为微弱的部分

（原载《纸上的春天》群岛2017诗年卷）

隐　逸

◎高春林

在云龙湖，先去了苏东坡的院子。野生般
在水围拢的半岛上，给出明净
——明净即他擦拭的词。我从阴郁的河南赶来
依旧被它照亮。我想起隐逸，
隐逸是静下来的时间，是拒绝，以看见
灵魂的影子。白鹭这时点拨水面，自由即神。

（原载《读诗》2017年第2期）

爱上这张白纸

◎瘦西鸿

想想浮生　弄脏了多少白纸
像一只昆虫　排尽体内的毒
终于幡然悔悟　面对一片绿叶
跪下来

总是试图赞美这个世界
用尽所有的形容词
总是不敢触及　良心和真相
找不到干净的名词
总是无法对丑和恶下手
找不到雪亮的动词

浪费的光阴　埋在身体中
被潮汐反复拍打的脊梁
如一柄锋利得一无是处的锥子
剩下的时光　铺在视野里
视网膜已如一张陈旧的筛子
不断漏掉梦中沸沸扬扬的黄金

独在苍茫宇宙　只想做一个清扫工
只想扫净白纸上　所有的黑字
重新爱上这张白纸　爱上她
无边的宽容

（原载《星星》上旬刊2017年第4期）

过去的潮汐

◎王学芯

当最后一波海水从船底抽去
肢体变成碎片　撒在沙滩上
甲板趺趺绊绊
樯杆倒在自己的风帆里
卸下的远方
脱开了金色或鱼群的汹涌

靠近的时候。一种极限的消磨
已经没有呕吐的苦水
飘过的云
擦去海浪中的编号
干裂的犬吠
飞出成群的海蝇

废弃的渔船静止如远处的一片海
过去的潮汐　睡在出海声中
腥味很淡的几个贝藻
浮在脚印里游弋
苍白的光
透入了苍白的每一颗沙粒

（原载《天涯》2017年第4期）

最后的夜晚

◎刘　春

十月的最后一个夜晚
我和妻子开车沿桂柳公路往南
赶去四百公里之外的乡下
见她父亲最后一面
天下着小雨，前路昏暗无边
对面车道上
偶尔有货车驶过
我在和妻子有一句没一句地说话
在雨中张皇前行
不知从什么时候开始
对面车辆越来越多
灯光闪得我眼角酸涩
妻子开始沉默
我的眼泪流了下来

（原载《天涯》2017年第4期）

狂风之狂

◎安　琪

我确切地感受到风墙狠狠挡住我前行的脚步
在这样一个狂风呼啸的上午。
我伸手却摸不到风在哪里
墙在哪里
我抬脚却迈不开心里想要的步伐
我站立
和无形而存在的风作一刻的交流
直到它改变主意
从后面推我一把

这使我又迅速往前跑了几步
要刹不住了
这风！
我仿佛要跌倒般当我抬起左脚，或右脚
在风面前我多么单薄可风在哪里
强大的催促我恐吓我的风在哪里
铁皮屋顶哗啦啦翻滚而下
所有摇晃的窗户
所有招牌，都是风的武器公之于众
狂风肆虐的露天马路
不是你和风对峙的地方

风没有身子
却无处不在。

（原载《凤凰》2017年上半年刊）

天 坛

◎侯 马

在天坛的回音壁
他把对老天爷想讲的话
把对亲人想讲的话
把对自己想讲的话
都讲给这面墙

其实给这面墙
他什么也没有讲
他喊的是：
——听见了吗
——听见了吗

（原载《海燕》2017年第5期）

生活又一次开始

◎非　亚

那个激烈而无味的比赛结束了
人们又开始四处走动
生活又一次在早晨恢复平静
太阳跳上屋顶，阳光犹如果酱
又一次涂抹在我卧室的衣柜
床铺，和地面

（原载《诗歌月刊》2017年第9期）

漫不经心

◎李小洛

也许，还有另外的一些
打马扬鞭的信使，还在路上
穿着厚厚的衣服，戴着
厚厚的棉手套

也许，还有另外的一些
打马扬鞭的信使，还在路上
炉子上舔着蓝色的火苗，煮着
一场提早到来的雪

有人在大雪纷飞的门口，松树的后面
不怕冷的少年、杨树、香樟
正在恋爱的她们
在严冬中亲吻、拥抱、取暖

像一株蓖麻那样漫不经心
像一枚失效的指南针那样
不把你南方的邮编、地址
行踪和消息随便告诉别人

（原载《南方文学》2017年第1期）

莲

◎哨　兵

所有的莲都源自淤泥，像我
来自洪湖。这不是隐喻

是出生地。所有的莲
来到这个世界，都得在荷叶中挺住

练习孤立。像我在洪湖
总把人当作莲的变种。而有些莲

却像人类学习爱，自授花粉
成为并蒂。这不是隐喻

是人性，但就算这个世界充满爱
让我认莲为亲，随三月的雨

在浮萍和凤眼蓝底下寻根
沉湖，沉得比洪湖还低

我也会辜负淤泥，整个夏天
开不出花来，如诗

叛离汉语。这不是隐喻
是人生。而所有的莲

都在秋日里成熟着，坐化为
绿色的果，肉身

成道，成全美
和形容词。这不是隐喻

是虚无。而所有的莲
赶在雪落洪湖前，都将离开

淤泥，如浪子
忤逆故土，步入衰老和死亡

在水产品交易行，所有的莲
论两出售，裹着莲心

小小的苦楚，便宜得等同白送
愧于分出高贵与贫贱。这不是隐喻

是现实。所有的莲
只愿烂在洪湖，化作淤泥

（原载《十月》2017年第5期）

山中笔记

◎西　渡

为了理解石头，你必须成为石头；
为了理解天空，你必须成为天空中的一朵云。
山影入怀，泉水之光穿透玻璃的杯壁。
“喝下去，你便拥有山水的性灵，
爱上它，你就变成另一个你。”
穿越过天门，我们并肩行走于云上。
隐隐地，从山腰传来人间的鸡鸣。

（原载《三角帆》2017年春卷）

握 手

◎包临轩

你从高铁下来，我握紧了你的手
温热中，接通了中断的时间

这样，就握住了
从岁月深处浮上来的二十岁，与旧日子
重逢，再不想松开

你，代表着旧日子最重要的部分
芬芳的气息，树荫与草坪
这无法命名的等待
犹如隆冬，迎来一场盛夏酣畅淋漓的雨

你的欢叫，我潮湿的眼，漂离了
脚下静静的站台，和四周
稚嫩的面孔，回到了最初的海滩

那片海滩确乎不见，船长
和蓝色合唱，隐约升起

天空，这海的替代物
从头顶之上的远处，徐徐铺展过来

澄澈如昨

（原载《诗潮》2017年第1期）

你是我身体里受伤的植物

◎吴向阳

我们的心衰老在身体之前
我们容许那些语无伦次的坏天气
以及我们必要的缺点

路过熟悉的你和不熟悉的你
最终都是陌生的你
你可以是我身体里的植物
但树叶流了血，它不是伤于砍伐
你是我身体里受伤的植物

我把我的孤独养大
让它生出一群小孤独
让它们相爱如常，童叟无欺

时间的甜，就像来自指尖的痛：
尖锐，但不厚实

（原载《海峡诗人·2017夏》）

蒙蒙细雨中

◎游子衿

蒙蒙细雨中没有声音
飞掠而过的树
可不可以是一种声音？苍茫的原野呢
经过的桥梁呢？它们一定在说着什么
在蒙蒙细雨中。曾经遥望的山岚呢
曾经涉足的案件呢？曾经活着的人呢
一定在说着什么
在蒙蒙细雨中。将要到达的城市呢
将要亮起的灯呢，将要脱口而出的
一句话呢？一定在说着什么
一定是词不达意
一定会惊醒蝴蝶
在蒙蒙细雨中，无声的
蒙蒙细雨中，卡在了喉咙

（原载《作品》2017年第7期）

听　雨

◎梁雪波

雨时断时续，从下午一直落到子夜
我曾写下的雨之书
此刻已变得陈旧，一场裹着初夏
不安气息的雨需要与之相对应的更新

雨落在窗台、失眠的车棚，我听得出
它的冷冽、峻急、幽咽，以及
更多的正被黑夜吞没的声音，就像
青铜熔于一束火焰

与风不同，雨并没有捎来远方的消息
却加深了现实与记忆的积水
为了让那些深藏于岁月之窖的幽灵
不会轻易地泅渡过来，敲响你的房门

（原载《扬子江诗刊》2017年第4期）

在后沟小学

◎张二棍

很久没有听过
孩子们的朗读声了
很久没有想象过
一行，又一行的白鹭
飞上青天的样子了

在一座后沟小学，稚子们
摇着头。 白鹭啊青天啊的
念着。很久没有
这么快乐了。我偷偷
躲在教室外面

随着他们。青天啊白鹭啊，念着
摇头晃脑。我走过
那么多地方，却仍需要
从这穷乡僻壤的孩子们身上，榨取
这片刻的欢愉

讲台上的那个支教老师，有一张
我喜欢的，稚气未脱的脸
我们隔着一层玻璃
却恍若，隔着整个尘世

（原载《草原》2017年第7期）

是他们扶住了我

◎熊　焱

悲伤时，是酒
扶住了我
奔跑时，是风
扶住了我

我有浩大的寂寞，疼会扶住我
我有绝望的落魄，爱会扶住我

是鬓边的白发扶住中年的霜降
是额头上的皱纹扶住脚茧上的花朵
而岁月总是悄无声息地伸过来一双手
把我膝盖上的伤痕细细地抚摸

这人间到处是坍塌的道路
一个个的背影走得歪歪斜斜
纷纷从良心的天平上跌落
我庆幸我还有文字，为我扶住了灵魂的秤砣

（原载《桃花源诗季》2017年夏季刊）

热带雨林酒店里的蛾子

◎森　子

雨林酒店里的蛾子如挂在墙上的饰物
它装饰了走来走去的雨
和站在梦外两米远——穿衣服的镜子
它装饰了握在手心里的一把伞
滴答，滴答，流汗的时间
——你依然不能放平的东西

困惑不曾辨认你是谁，还有其他人
其他物品，作为装饰协会的一员
素面或黑脸也是一种修为
而你没有表情就不必脱去一身的符号
——为无知和鲁莽
你的无措比化妆品要耐用一些

譬如这只多出来的蛾子
占据一隅，还把墙上的粉刺全收了
它的破绽就是全情投入
不留一丝后悔。一面墙吐纳着箴言
而你需要四壁合拢，睡意反锁
作为自我的囚徒，你仔细打量了一番
它的刑具，足够精致。

（原载《草堂》2017年第3期）

关于金铃子

◎金铃子

一虫知秋，翅目小鸣虫
可入药，金铃子散。苦。寒
写诗，给它洗澡，穿衣。
在动词中浸泡四肢，以求降温
每日用形容词消毒皮肤2–3次
叹词用来急救，防止休克
名词使创伤迅速结痂。
我还得再次唏嘘：诗歌，这枚镇痛剂
使我免于截肢，免于标本
免于，一切皆虚空。

（原载《中国新诗·短诗卷》，北京燕山出版社，2017年7月版）

仙山湖记

◎慕　白

我不过是一只萤火虫
在雾霾笼罩下的秋夜路过这里
误入一片沼泽，不知深浅
在江浙皖的交会处突遇这湿地
仙山湖，水的深处总是无言
我自作多情，秘密地爱着你
梦与现实之间，水草丰茂
一百万年前，我们无名无姓
以为在仙湖就能遇见仙女
其实只是芦花，飘呀飘，在水中
在五湖岸边，我有太多的不懂
比如芦苇，比如月影，比如夜色
这些漂泊的生命，都没有根
就像我的未来，无所依靠
走入俗世以后，谁都回不去了
流水无声，四野茫茫，荒草连天

（原载《草堂》2017年第3期）

雪堆上的乌鸦

◎朱　萸

前几天是一群，今天就一只。
它停栖在一根红色杆子上，
用喙梳理着深黑的毛羽。

那根杆子斜插在雪堆中，
用途未知。我们只知道
它如今成为了鸦群的领地。

这只乌鸦今天落单了，
它的同伴不再聚集于杆子周围
湿漉漉的水泥地面。

乌鸦打算飞出去，翅膀张开，
扑腾起一大片雪的飞屑。
它的夜行衣，雪的素白，蓝天
衬着那根杆子通身的红色。

午后的慵懒光线并不扎眼。
除了雪堆上的这只乌鸦，
再没有别的事物提供暗示。

2015年1月17日，北海道札幌

（原载《江南诗》2017年第5期）

万物生

◎刘　年

桐叶，托着阳光，像微微颤抖的手掌
杨叶，像微微颤抖的心脏

舍不得啊，这辽阔的人世，这风里的阳光
你的微笑，加重了我的悲伤

（原载《诗探索》作品卷2017年第1辑）

时光逝

◎中　海

用了几十年的时光在我脑中一闪而过
仿佛秋千的一个来回之间
身体就旧了
单一的晃动中，我置身于圆弧
荡漾出可能的飞翔——
而我的身体比秋千上的蝉更轻巧
表白远比蝉动听
而我坐等岁月枯竭
坐等一只蝉抱着声音枯竭
坐等自己的身体枯竭
这单一的枯竭，在秋千上——
好在你也一样
恍惚中，我依然充血的羞涩
蝉以另一种高亢来表达

（原载《山花》2017年第9期）

洗涤者的姿势

◎王孝稽

把胯打开，一脚在前一脚在后
和满盈的水一起挪动
她相信她的眼力和手力
她挪过的地方，光亮，动人，洁净
从地板、沙发到书脊，专注每一次转身
对被拭去泪痕的念想
不屈从于禁锢与索取，晃动的衣裳
洗刷美与罪的劳作
一抹布一抹布
掏出掉发、纸屑、尘粒，再到暗迹
搜索每一处，扩大到小镇的欢颜笑语

（原载《诗歌月刊》2017年第6期）

灰尘记

◎郁　颜

小时候，满地打滚时
全身都是灰尘
年岁越长，它却变得越发不易察觉

如同这个整理书房的下午
无意间才发现，它已经无处不在
在擦拭中，延长了我的羞耻和愧疚

这些年，趁着年轻
虚度了不少光阴
有过欢乐、骄傲，也有过悲伤、痛楚
而更多的是惘然和懊恼

可是，我是否已经明白
这一生，更多的灰尘
来自于一颗心
一颗泥土做的，被时光遮蔽的、易碎的心

死亡如此空旷
黑漆漆的，一望无际
终将灰尘般，慢慢覆盖人世的每一寸
它不是一件具体的事
却真实地夺走了我和万事万物的身影

（原载《草堂》2017年第5期）

乱石堆

◎叶丽隽

在我晨跑的山路上，它们铺陈着
每一天，散漫、零乱的肉体

依山而下的倾泻意味，有别于精致的栈道
和翠绿葱茏的浓荫

一种动势，随时可能的交响
暗合我血液中与生俱来的混沌的欲望

特别是雨后，我会停下，看它们湿漉漉
一个个悬空或交叠， 闪烁黑亮的光
你反抗些什么呢？凝视之中交换着寂静和呼吸
我是惟一，却又如此多地战栗

（原载《中国诗歌》2017年第4期）

小　镇

◎周瑟瑟

回到小镇
一条河流污浊
白云倒映其中
也还是白云
河水静止人心也静止
一切都是旧的
一切都令人怦然心动
枯枝败叶积蓄多年
像我们积蓄的钱财与情感
枯枝上的嫩芽
菜地边的粪坑
一阵风从我的脸侧吹过
吹起故乡浓重的体气
一切都已静止
一切都保持沉默
一个顽固的人啊
消失在废墟里

（原载《海燕》2017年第7期）

面　膜

◎翁美玲

亲爱的，不管你什么身份
只要你能为我的心
敷上一层面膜
让它重回从前的姣好
你就是最好的美容师
你能让天空更高、海更蓝
你能让旷野里的风温柔起来
轻轻吹拂我的长发
或抚摩我受伤的脸庞

亲爱的，不管你什么身份
只要你能让我黯淡的眼神
重新变得湖水般清澈
你就是最好的美容师
我的双颊已经泛红
那是一种新生的红晕
请用阳光、空气、水和爱
温柔地敷在我的心上

（原载《诗歌月刊》2017年第6期）

割草的男人

◎黄　芳

冬日午后
割草机突突突轰响
院子里歪戴鸭舌帽的男人
影子被拉长
他双手推着割草机
一遍又一遍地割着自己的影子

（原载《广西文学》2017年第5期）

银 杏

◎舒丹丹

两年前的夏天，我站在成都的街市上
着迷于这些美丽的树
那时它们尚一片青绿，烈日下
活泼泼地摇着清凉的小扇子
那时我正从一场疾病中侥幸逃生
对一切饱满的生命都怀着珍爱
而此刻，从车窗前扑入眼帘的
是一树一树的金黄
如此明亮，像抱成团的阳光
将十一月的灰霾天空瞬间擦亮
它们是什么时候成熟，进入
如此蓬勃的盛年？仿佛
只是一夜之间
所有的阴晴雨雪都不值一提
每一个不曾相见的日子都不曾虚度
它们在暗暗攒劲
将绿色筋脉中的爱与力
一点一点，捧上金色的枝头

（原载《中国诗歌》2017年第3期）

就算是

◎肖　寒

就算是，风不吹
整个森林的绿也会倒下

如同落日，高山
隐藏了大海的黯淡与阴郁

风吹着火车，急速远去
风吹着火车，空荡荡地返回

就算是，你不是风
我也会被体内的轰鸣之声
席卷着
扑向人生的暮色

（原载《诗东北》2017年上半年卷）

自画像

◎李林芳

总是愿意低头，青草袭来暗香
野花在侧，一路开放
雨水洗过的石头，有清癯之气
秋风吹拂过的溪水，一下子就老了——
一如既往的懵懂
仿佛时光镜像里的母亲
一直在这里，又像从没来过
而我，从我的旧影子里走出来
山川在，河流在，爱过的艾草长满山坡
紫苏在微风里荡漾，叶片奓起细密的锯齿
一闪而逝的锋利，对万物
持有戒心，也只是偶尔奓起羽毛
再缓缓倒伏下去，小刺，微毒
按下不表，与世事暂且和解
有草，有木，方方正正的比画压住轮回里
蒸腾的野气
在人间，适时下沉
像日落西山
收敛羽毛，藏起老虎汹涌的金黄

（原载《诗东北》2017年上半年卷）

是时候了

◎徐南鹏

慢慢收起影子，隐身于世
兼听风雨

花朵贡献出果实
河流纠缠落日

这千古自我循环不息的日子呵
晨起露重，星出风凉

是时候了……
郊外的草，相继枯黄

（原载《草堂》2017年第6期）

淡　出

◎董小语

向一个淡字出发
我喊回自己虚高的影子
分开人群，拆掉一些圈子
美丽的栅影。拂去喧哗
溅到身上的泡沫
星空之下，我依旧渺小
我的诗句，依旧
边写边消失
但我已安静，像一粒种子
匍匐在巨大的静谧里
任凭风，念我忘我

（原载《诗东北》2017年上半年卷）

在春天

◎姚　彬

因为要写这首诗，间接和一些花有了关系
如同和草一样的关系

我在树林里踱步，没听见回声
花灿烂地开，灿烂就是我的

如果在春天抽出一个句子，放进夏天里
它是茂盛还是萎靡呢？

如果不是我抽出的这个句子，它活得到明年吗？
在春天，还有很多关系，在悬崖展览

（原载《草堂》2017年第1期）

在海鲜店

◎汗　漫

桌子上的木纹在模仿窗外波涛，
让碗碟有了转型为船的冲动，
让筷子有了桨的责任和快感。

送餐员手托木盘和海鲜——
他是暗礁的化身？托起木盘上的大海，
要有伟大的臂力和海藻般的血管。

想起与海有关的名人名句，比如曹操
东临碣石。而我东临海鲜店
转瞬即逝，无名，所以无声无息。

海鲜入肠，虚构出小人物的海量和胸怀。
以口腹之欢向大海和永恒致敬，
我朝窗外的蔚蓝举了举酒杯……

（原载《文学港》2017年第1期）

果

◎青　红

都是挂在枝头的果
到了多事之秋
有些禁不住痢疾纠缠
坠落
噼里啪啦
砸在
落叶的神经上

很多果在一个病果的周围
守护
祈祷
一丝风吹草动
都能掀起狂澜
一棵大树所有的果子
惊慌失色
向着病果的方向
拼命摇晃自己

病果抓着枝头
越抓越紧
分享病痛的同时
分享顽强、抗争，不舍
分享对大树和身边果儿的爱恋

（原载《诗东北》2017年上半年卷）

回家的暗伤

◎柳苏

家在何处
渺茫得连我自己也说不清楚
岁月太深久了，以致
那么多的爱和热情
变成胆怯和凄凉

老院子已不再
给我讲故事的那辈人
也相继失踪
打小看戏沉酣于高潮
没在意演戏的人几时退场

一切静悄悄，静得心慌
找不着磨坊，铁匠铺，剃头师傅
也找不回老戏台，古庙会和
祈雨的人。我务必爬到东梁上
看望长在生命里的萱草、盼盼花和松柏树

（原载《绿风》2017年第3期）

城　砖

◎黄海兮

西安城墙的城砖
刻有“户仓”和“陶官”
“一九八四”
或者“户县蒋村”
“一九八四”
我走在这些字的上面
每块砖没有脚印
每块砖，它们
在微雨中黝黑发亮
但有一些字
有些模糊
比如“东角”
还有一些字
比如“李晓明和王亚丽”
“到此一游”

我用手机拍照
发现图片中
有一些字完整
有一些字残缺
还有一些字浅显

（原载《作家》2017年第9期）

织网的女人

◎东　涯

午后的海比一座空城安静
温顺地守着午睡的礁石
呼吸里安置了昨夜的细微激情

一只海鸥飞过，轻捷的
倒影远去。风吹海面，羞涩的波纹
荡漾在织网女人的脸上

遮阳帽上，粉红的碎花
捉弄着她此时的心情
女人一边织网，一边怀想

她偶尔拢一下露在外面的头发
抬头看看蓝天、碧海
身边的小狗、远处的渔船

渔船里忙碌的男人
还有身后的青石红顶瓦房……
所有这些，都是她的

连同浪潮里涌上来的盐粒和幸福——
织网的女人坐在沙滩上
仿佛小小的发光的齿轮

（原载《黄河文学》2017年第4期）

立体论

◎钟　磊

众所周知，我像精神的立方体，
在某个夜晚把我放在一面镜子中，变成一个多棱镜，
不说话，在多棱镜里呼吸。
相信一盏灯吧，灯光在推测现实，在反对水，
让我的脸分化成许多面孔，
让我在一面镜子中恍惚地看着自己，在一次醉酒中醉倒两次。
我在多棱镜中伸出两只手，
抖开一匝地平线，把分散的身体打上一个死结，
说："我有不同的我，可能是不同的透视所致。"
我在醉酒后开始醒悟，世界像我混乱的影子，让我坐在一块跷跷板上，
把脸涂上三种颜色，像三盏灯光的斜坡，
在说："在精神的立方体中应该有动物，
像博尔赫斯的老虎，把猫头鹰和蝙蝠拴在光线上，
在现实生活中从事象征性工作。"

（原载《作家》2017年第8期）

浅草寺

◎施施然

冬天我来到浅草寺
白檐红廊，汉字巾幡
门外的银杏树上挂着唐朝的金子

我站在唐朝的建筑前
仿佛我的祖先立在他家门前
他没有死，在我的眼睛里活过来

我伸出现代的手臂
想抚摸这木头的墙壁
我看见祖先的虔诚和律令
看见祖先的乱发和歌哭

可是冬天的寒露渗出我的掌心
残缺的汉字从巾幡跳下来
我看见牌位后的佛陀一团和善
但他身着和服面目模糊

冬天我走过浅草寺
冬天我来到浅草寺过门而不入

（原载《诗刊》2017年第11期下半月）

金子的河

◎唐继东

可可托海不是海
是一条
金子的河

峡谷外的风尘还不曾来过
这里有原来的天
原来的水
原来的山风
额尔齐斯河的源头
奔涌着最初的
干净与清澈

有谁知道
看似热闹的尘世，我们
遗失了什么

面对神钟山
我读到阿米尔和萨拉的故事
山峰凝重
把一份蓝天般澄澈的爱情
雕塑成永恒

我在河边的岩石上坐下来
河水染绿了我的白色衣裳

想用湿润的苔藓
写一缕纯净诗行
却蓦然发现
她已经披着阳光的色彩
在碧绿河水中
静静地流淌

（原载《作家》2017年第10期）

中药店

◎天　天

每一场病都是被无端拆毁的庙宇
在一间心软的中药店
你迟疑着　把没有年龄的荒野递过来
我穿梭其间　淌着汁液的傍晚
我想到它们的生死
像灰烬中的一点星火　犹了未了
当归　元胡　沉香　九里明……
我想带着它们　投奔你和你的小院
我们靠近炉火
来吧　由爱生恨吧

南方和北方　带着道德的毒药和人性的装卸工
都来吧
我们在这里　借草木之眼
去看望世间的沉郁之身

（原载《诗歌风赏》2017年第3卷）

黑　夜

◎葛筱强

更多时候，黑夜
就是我们意料之中的那些声音：
一颗不甘孤独的星星
奔跑着撞击另一颗；一棵沉默的树，把黝黑的长枝
甩向离自己最近的一棵
一只不安分的鸟
在面目模糊的屋檐下打开翅膀，再悄悄合上
这些被忽略的声音，一旦遇到收放有度的小雪
就会明晃晃地亮起来
仿佛我们逗留的这个世界
刚刚从月光中诞生

（原载《星星》上旬刊2017年第5期）

大雁塔，铎声阵阵

◎三色堇

大雁塔，铎铃清透的声音
穿过云层，悬在空中
细雨中成串的铎声带着悲喜
带着邃远，带着圣婴的慈爱
和入暮的讲经堂
削减了一个朝代的阴湿

一个愚昧的人在塔下寻求
那遥远而陌生的光
风，并不能改变什么
它却浸透了时间的廊檐
一个健忘的人丢掉了塔尖上的宗教
却不能丢掉宗教的愿望

今日，我不是来细数广玉兰的香气
我是来追随友人的脚步
一阵风起，又一阵风起
阵阵铎声涌来远古的气息

（原载《延河诗刊》2017年第2期）

我一直取悦我的歌喉

◎袁东瑛

我们忘了彼此等待
也就忘了经久的问候
大海长出莫名的潮水
它们在追逐，也在退去

时间在睡眠中死去
我在醒来时
才感觉生的感觉
那些一次次道早安的人
也一次次说着晚安
活着，每天都在更新自己

其实，我一直想取悦我的歌喉
一些真诚地说着假话、空话
瞎话，甚至胡话的人
一直比我唱得好听
他们卖力的真诚
让浮云看起来都很踏实

倘若浮云是需要沉默的
当它成为雨和闪电时
所有的真诚都会是
骇人听闻的

（原载《诗潮》2017年11月号）

在汉诗中生活

◎李荣茂

从龟背上卸下笔画
取火，械斗，造字，书写历史
终于《诗经》长成植物，在枝头上结出了汉诗

露水从汉诗里滚落
滋养万物和草民
接纳阳光，雨水，爱恨
汉人在原野里劳作，用镰刀和锄头
分行山川，河流，花朵和粮食
蝴蝶翩翩起舞

汉诗的声音，刀锋正劲
切割公平与正义
也肢解卑微和贫穷，相同的苦难
有了不同的重量，汉诗的呐喊，使跌倒的悲伤反复站立

这不堪的世界，让我们越来越狭窄
唯有铺开一页空白，用诗句
书写自信和尊严，在汉诗面前
宽广而漫长的生活，才使得人人平等

（原载《星星》上旬刊2017年第5期）

暗　锁

◎纪永亮

我和我的邻居只隔着一扇门
却像隔着一座山
我们都像隐居在深山里的人
碰面时礼貌地点头
一转身就形同陌路

我们看见的生活只是开门和关门
像一把暗锁
她的笑有些隐秘
像暗藏在深处的锁芯
那扇门，她怕有人能轻易打开

（原载《作家》2017年第6期）

花　园

◎小红北

小区里有个花园
临湖而秘，我喜欢去
季节若好
风便不凉不热

前些日子
有一段石板路破损
工友干活儿弄的
泥是干净的
踩在脚上便不干净了

树。生得规矩
不占路不欺人
最喜相近可以无言
我想说的
它们替了

天气再好
带旧书来这里翻看

旧书摊上花块八毛买的
或者大学毕业时舍不得卖掉的

脚，停下来

心，淡下来
整个世界
随之静下来

（原载《鸭绿江》2017年第9期）

知了，知了

◎易　翔

知了，知了
一只知了受了重伤，四脚朝天
躺在写字楼四楼的阳台上

它是不是我童年的那只，那时
我会把它的腿绑紧，挠挠它的脊背
它就张开翅膀飞出去
然后又被我拉回来，重新开始

我把眼前的这只翻过来
它还是没动，好像是死了
但突然“唰”的一下，就冲向了高空

这小家伙，还保留着对人的警惕
其实我已失去那种兴致
对童趣的某些成分也开始怀疑
世事纷纷，我越来越愧于自己的无知

（原载《诗歌风尚》2017年第1卷）

皮　带

◎李明政

远行回到家里
我将皮带抽出来扔到地板上

那个扣件就像蛇头
一条活灵活现的蛇
盘在眼前

恍惚了一会儿
我问

是它带我去世界
还是我带它去的

（原载《青春》2017年第7期）

清晨的散步

◎赵亚东

我在天色渐渐变亮时，去飘荡河边
散步。我知道，比我更早到这里的是
一股凛冽的寒风，撕开东边的天幕
让我能够远远地看见村庄里
那些早起的人家，正在打扫院落
去城里的马车也刚刚上路，几个年幼的孩子
纷纷跳上去。叫了一夜的黄狗
此时变得温顺，在草垛的一角
凝望着一弯新月。我珍惜这样的时辰
也将在更明亮的一天，给我的儿子写信
但是我不知道我要写些什么
我无法描述这些贫寒的人们，是怎样
守护他们隐秘的快乐。我也无法说出
在刚刚过去的夜晚，是什么力量
让我从山中的石头里，挣脱

（原载《诗探索》作品卷2017年第3辑）

远　行

◎王文军

起得最早的是枝头的宿鸟
比鸡鸣狗吠都要早上许多
远行的人，被它一再催促
说明霞光已经在远处上路

天空被远山一点点举起
远行的人，不再犹豫
被风吹弯的炊烟
散发着柴草的味道
让他不自主地吸了吸鼻子

是起身的时候了
他走到村外，好几条路
闪烁一样的微光
其中的一条
将送他远去，另一条
会迎接他回来

（原载《海燕》2017年第6期）

掰开北京的五月

◎薄荷蓝

一瓣月季花
从裙裾的拉锁里
被撕扯出来
一朵　一片
一花溪花瓣

瀑布般从天上
飞溅下来
……

刚步入初伏
我被裹在花溪的梦里
分辨不清
在月季还是玫瑰花里
想念你的香

（原载《阳光》2017年第3期）

大海之书

◎于　坚

暮晚的大海上摆着一本发光的书
海浪　波段　这一卷跟着那一卷
波浪　海段　这一行滚向那一行
无数的舌头咬着第一页
字迹泛起又沉下　清晰又模糊
聚积着又销毁着　喷出一座座废墟
诱惑着阅读　重复着失败　持续着无解
海浪　波段　波段　海浪

（原载《北京文学》2017年第8期）

一棵树在高原上发光

◎于　坚

一棵树在高原上发光
等待着　它从未被爱过
从未在古老的谣曲中传诵

（原载《大河诗歌》2017年夏卷）

三日谈入门

◎臧　棣

第一天，春雨负责
从上面校对世界的靶心；
四周的街道如碾平的肥肠，
被黑暗晒得又干又硬。
如果把时针往前拨，可以看见
两只野猫跳下粗糙的树干，
将夕阳的勋章别在时间的冷酷中；
幸好，在我们和世间之间还有诗。
还想不明白的话，人的委屈
其实远不如天鹅更无辜。
第二天，爱的原罪
突然被黎明之光说服。
清洗后，现场把俘获的心
贴上新标签，移交给
小舞台。假如拯救仅次于悲哀，
你还会抱怨人的面具
耽误过人生的主题吗？
放眼比放心，哪一个来得更快？
从布景的角度看，远山
逼真得像倾斜的天平；
从背景的角度看，春风乘势
把天空锉得更碧蓝了。
幸好，在我们和诗之间
还有不止一个世界

第三天，掷出的骰子
自一万年前返回。没有消息
就是最好的消息。轻轻一掂，
被剔过的骨头会借着
那悬空的重量，试探你
是否真的赞同这样的秘密：
幸好，在世界和诗之间还有你我。
每个形象都是一场救火；
拎过太多的水，摊开的手上
除了淤青，仿佛还有一根
无形的绳子，眼看就要滑落。

2017年3月9日

（原载《中西诗歌》2017年第1期）

信

◎小　海

流火虚脱、冰凉
如高山遗石
冰上有起步的蚂蚁

冰块就是信使
冰块并不融化
冰面有飞机、轮船
最后一洼黑水

冰块就是高山鹰
遗忘，警醒
淡漠的信
翻山越岭
为了忘却
蓝色海

像打碎的玻璃
信送到这里
就结束了

执着的人
明白，定格在
流动性上
信

送到这里
就结束了

（原载《作家》2017年第7期）

世上的鸟儿

◎小　海

寒冬里
光秃树梢上的
鸟巢，逐一现身
却难觅鸟儿的身影
大路上
偶尔可见
孤独的行人

春天
树叶长起来
鸟儿们渐渐飞回
听得到喧叫
却再也看不到
它们的巢了

（原载《读诗》2017年第1卷）

我们不能不爱母亲

◎韩　东

我们不能不爱母亲，
特别是她死了以后。
衰老和麻烦也结束了，
你只须擦拭镜框上的玻璃。

爱得这样洁净，甚至一无所有。
当她活着，充斥各种问题。
我们对她的爱一无所有，
或者隐藏着。

把那张脆薄的照片点燃，
制造一点烟火。
我们以为我们可以爱一个活着的母亲，
其实是她活着时爱过我们。

（原载《读诗》2017年第1卷）

雪花祭

◎王家新

整个上午我都在观看这场雪
从早上一起床时的欣喜
到临近中午时的失望
从我四楼上的落地窗口，雪花
有时随风斜着刮过来，有时
自灰蒙蒙的空中飘落
有时忽然密集起来，街上的行人
一个个都翻起了羽绒服帽子
（我的房间也更暗了）
有时稀稀落落，像是苍老天空的头皮屑
但仍在慢悠悠地飘洒着
我看着窗外临街的绿化带，那些
指爪般伸开的干枯树枝，那片
憔悴的草地，那几个小麻雀
都似在和我一起等待
我多想听到雪打在撑开的雨伞上时
那种好听的噗噗的声音
我梦着一座座雪封的屋顶下的
安详和静谧（而狗和孩子们
欢快地跑上雪地……）
我在这干燥的、雾霾笼罩的帝都里梦着
但是天空发亮，地皮的湿润
和马路牙子上微弱的白色消失了
一场艰难的降雪结束

我们该责怪这属于上天的吝啬吗?
不，我应写出的是一首诗
献给这最后一阵还没有落下来
就在空中消失的雪

（原载《山花》2017年第4期）

远　游

◎蔡天新

每一次企盼已久的远游
总会有一段持续颠簸的航程
也会有悄然到来的寂静

如同我们漫长的人生
总会有些许甜蜜的幸福
也会有一丝难言的苦涩

我们远眺天边的晚霞
或俯瞰机翼下方的灯火
遐想河谷里的生活场景

恍若凝望故乡的云雾
或抚摸阳台上的爱犬
目睹大街上的滚滚车流

当我们抵达了目的地
在那干燥的跑道上俯冲
又开始谋划另一次远游

（原载《读诗》2017年第1卷）

晚　年

◎芒　克

墙壁已爬满皱纹
墙壁就如同一面镜子
一个老人从中看到一位老人
屋子里静悄悄的。没有钟
听不到嘀嗒声。屋子里
静悄悄的。但是那位老人
他却似乎一直在倾听什么
也许，人活到了这般年岁
就能够听到——时间
——他就像是个屠夫
在暗地里不停地磨刀子的声音
他似乎一直在倾听着什么
他在听着什么
他到底听到了什么

（原载《草堂》2017年第3期）

纪念这些草

◎多　多

秘密书写我们声音中的草
草接着草，草被无声读出
草下，一个跪着的队列
从未被石化

悲哀深处的草，因
保留这些名字深处
消逝的人，而闪耀
光辉林内的结词之灯
深处不再关闭
只接受草的覆盖
每一个词从那里来

2010

（原载《诗建设》2017年第一卷）

海边的黑松林

◎林　莽

透过低矮的黑松林
能看见乌云下的大海
风将白色的浪花拍在岸边的峭岩上
灰色的鸥群尾随着归港的渔船

被海风吹得弯向地面的黑松林
多像一群悲哀的精灵
它们挣扎着　畸形的躯干
隐含着发自内心的忧伤

当汹涌的乌云将大海变成一片墨色
热带季风仿佛从另一个世界吹来
带着呼啸和毁灭般的狂喜
太阳偶尔从云隙间亮出它的利刃
刺在翻滚着的波涛上
黑松林坚定地站在岩石上　低吼着
像一群即将冲向大海的
披头散发　挥舞着指爪的黑色魔怪

即使在风平浪静的日子
弯月形的沙滩与蔚蓝的海水相伴
站在岩石上的黑松林
依旧有一股按捺不住的冲动
它向着太阳

以扭曲而虬劲的枝干
述说着沉埋了多年的悲情与愤怒

（原载《青岛文学》2017年第5期）

时间仿佛只有对他才是温柔的

◎潘洗尘

四十五年前我就看着他
靠在这堵墙下
晒太阳

四十五年后我看见他依然
靠在这堵墙下
感觉连姿势都不曾变过

他叫郭有发
大我十几岁
是当年村里
人人都可以奚落几句的
郭傻子

四十五年里
我们早已面目全非
尤其是当年奚落他的那些人
很多已不在人世
但时间仿佛只有对他
才是温柔的
温柔得就像看不见的水一样
流过他永远波澜不兴的脸
和处变不惊的心
并温柔得

任由他把自己和这堵墙
固执地留在
回不去的岁月里

（原载《鸭绿江》2017年第2期）

第一次

◎余　怒

第一次我在羊齿植物
的齿状叶片间舒展四肢，享受
还来得及的、没有哲学味儿的
欢愉。这是胸腹之间世俗哲学的欢愉。
我们，制造过多少幽灵，
以恐吓我们自己，利用
文学手段。不啻给自己找麻烦。
野外，白榆树上，刺蛾科
的绚丽，徒然富有表现力。

（原载《江南诗》2017年第5期）

火柴盒

◎海　男

光芒何其珍贵，是因为在渺小者手中
有敛息光芒之火柴。它是暗箱
是床榻边，黑暗的徽光
也是纪念册，裸体向死而生的钥匙
我屏住呼吸，手捧这只暗盒
唯恐生命中有错乱，失去真君子的音讯
在这只盒子里，有数座光芒的堡垒
有几十根扑灭浊浪的手链
而我，面对这团火，竟然不知道
那些消亡者已转世归来，它们从火焰上升
就像最美丽的那只凤凰
为涅槃而生。而我，为你而失去青春
归根结蒂，那些青麦地必须变金黄
而你，务必在黄昏带上锃亮的镰刀
光芒只可能静悄悄地降临
它覆盖眼帘，转眼间，在那只暗盆里
我已不再是火焰……

（原载《中国新诗·短诗卷》，北京燕山出版社，2017年7月版）

面 庞

◎尚仲敏

我不止一次端详我的面庞
有时一连几天看着它
有时看见它鼻尖高耸、暗藏杀机
有时看见它眼窝深陷、又凄楚又明亮
此刻我看见它嘴唇紧闭，甚至闭得还要紧些
此刻我看见它猛地一惊，像背后挨了一刀
此刻我看见它满腹狐疑，一声呵欠
倦于继续摆上桌旁，倦于走在街头、投入战斗
此刻我看见它表情晴朗，悄悄转了一下
到处张望

（原载《诗选刊》上半月刊2017年第10期）

车过田纳西

◎宋　琳

我知道那只坛子就在某一座旋转的山峰之巅，
它强烈的存在吸引着我的目光向高处搜寻。
突降的冰雹中，道路，山峦，可见的一切似乎荡然无存，
但那乌有的器皿，无始无终，不会被任何东西所打破。

（原载《扬子江诗刊》2017年第4期）

叹 息

——念牛汉老人

◎树　才

人世间最深最长的叹息——
我是从牛汉老人的嘴里听到的

“唉——”毫无征兆
你独自舒出一口长长长长的气

第一次，我听着怔住了
你竟然抱歉：“把你吓着了……”

认识你时，你已经是老人了
那时出门，你经常骑自行车

后来出门少了，后来坐轮椅了
最后悬成了一幅睁着眼睛的肖像

有人邀你过八十大寿，我陪你
前往，途中我又听见你一声长叹

多苦、多无奈、多痛心的叹息啊
接下来，我们一句话都没说

有一次，我调皮地用了个比喻——
说你的叹息像我听到过的钱塘潮

"轰——"就那么一轰隆
海潮和江水就高高地把自己拍碎

你从不解释。直到我陪你回老家
目睹你高大身躯跪倒在母亲的坟前

那是城墙外的一处泥土斜坡
满脸的老泪，让你久久站不起来

返途，进了云冈石窟，你说——
"佛像风化了，我喜欢！石头嘛……"

低血糖。我突然预感不对——
果然，我们从厕所把你搀扶出来

怕出事。那晚我和你同居一室
我看见你裸露的腿上长着好多黑斑

入睡前，你又长叹了一声
尾音，在房间里回荡了很久很久

叹息后，你就安然入睡了
那一夜，你透露给我一个秘密

如今，你已经永远入梦了
那叹息，其实是火无法焚毁的

在骨灰、骨块和骨灰盒里

那叹息还活着，仍会惊动周围

比如今天，恍惚间，不知为何
我又听见你这声长长长长的叹息

（原载《十月》2017年第5期）

把水烧醒

◎严　力

对树来说
都有一次形而上的机会
如果收到了
斧头和电锯的通知
就不必另找墓地了
躯体再碎
都将被尽情火葬
人用树的叫声作曲
为火苗伴舞
并把水
从愚昧中烧醒

2016.1

（原载《读诗》2017年第1卷）

天命之诗

◎赵　野

春天，忽然想写一首诗
就像池塘生青草
杨树和柳树的飞絮
打开没有选择的记忆

鱼搅动池水，鸟搅动风
蜜蜂固执盘旋眼前
一生辜负的人与事
我必须说出我的亏欠

然则秦朝的一片月光
或宋朝的一个亡灵
也许在今天不期而来
它们都有我的地址

它们让我觉得这个世界
还值得信赖，此刻
阳光抵过万卷书
往昔已去，来日风生水起

（原载《草堂》2017年第6期）

枕头上散落的头发

◎徐敬亚

枕头上的头发，散落着，我的一根根血肉羽毛。
也许在我刚刚飞起时，它们早已开始脱落。
只是我在快要下降的年代，才突然把它们一根根拾起。

吝啬的财主无数次清点白银，
再高明的大亨，却无法触摸丢失的金币——
我多么幸运，每天通过一只充当深夜抢劫者的肥胖大枕头，
独自轻松，享得了这无端的沮丧之权。
一根、两根……那些都是我呀，
都是我身体正在残损与丢失的部分。
确凿的现场证据表明，它们昨天还存在于
我身体的最高端。没人敢伸手抚弄它们。
但是现在，它们却像我的一只只散落的手掌，
充当着我的全权大使，胡乱地抚摸着整个世界。

每天平均脱落二十四根羽毛的天鹅，
还能飞回到遥远的天鹅湖吗？最后的那一刻，
我将像北京烤鸭一样，浑身光秃秃地降落吗？

（原载《诗东北》2017年上半年卷）

水果与女人

◎马铃薯兄弟

水果是树身的一个部分，就像爱情
是女人命运的一个部分
当它消失
世界就进入了冬季

他们都甜蜜而忧愁
它们都有过美好，却并不永远都是

我的啃食，遂有了触及树木的感觉
我的思恋，也有了肉质的疼
这一切，都是命运的另一种样子

（原载《两岸诗》2017年第3期）

以　后

◎梁晓明

以后
我将会变成一个老头，独自
提着一瓶好酒，
来到江边
无人知，也无需人知，

坐下来
衣衫不能太破，最好有几块
鲜嫩的牛筋，像我喜欢的
与世无争。

坐下来，看见鸥鸟一只只斜飞
和展翅

我膝盖上点手指，抬头望：展翅斜飞，
多好的样子。

（原载《草堂》2017年第4期）

秋日，旅途

◎沈　苇

从阿勒泰到布尔津，牧草已枯，秋色渐浓
旷野，一张展开的巨幅草图，随地势起伏
沙枣，白杨，芦苇，向日葵，戈壁胡麻
还有远处闪光的盐湖，多像心爱的文字
你的异乡母语。“于书本汲取的力量
变得晦涩，唯大自然保持敞亮和气象。”
公路为界，一边是哈萨克人微型城市般
的精致墓地，一边是汉人遗弃的乱坟岗
“死得考究或潦草，是否代表生的姿态？”
从陨石堆那边，走来一队转场的奶牛
缓慢，平静，从容，仿佛已穿越生死
不为脚下踩踏而起的滚滚尘土所动
天空低垂，远方似在眼前，车过切木切克
无须开足马力，目光打开的空旷、苍茫
迎面而来，将内心的沉闷和愁绪驱散……

（原载《诗建设》2017年第一卷）

谦卑者留言

◎沈　苇

1

一座森林存在于一粒松子中
一块岩石接纳了起伏的群山
一朵浪花打开腥味的大海
……我在人间漫不经心地游荡
一颗尘埃突然占有了我

2

如果我有一千双眼睛
并不能看到更加广阔的世界
因此一双眼睛必然是足够的
如果我有一百条腿
并不能抵达更多的远方
因此两条腿必然是足够的
如果我有十个人生
并不意味着十倍的节约
因此一个人生必然是足够的
当我写下一行诗

（原载《作家》2017年第1期）

接傅维短信告知温恕病逝后作

◎孙文波

谈论死亡，我的禁忌。不谈论
已经成为习惯。突然，你来打破，
仅仅用一句短语：他走了。
这是晴日雷霆，抑或台风裹挟暴雨？
他的脸庞浮出，一个精神，
细眯眼睛，在酒中欢。转而沉入暗黑，
只有尖锐声音拉锯般响起。恐惧。
我赶紧起身走至阳台看外部葱茏世界，
树在绿中摇曳，海水一片沉静。
还有几艘货船缓慢移动，呈现一种美。
我突然觉得，它们的存在，
让刚才我头脑中的图像，变得毫无意义。
走。或没有走。世界仍然是世界。
这一点我有体会；精神永远驾驭不了肉体；
肉体之痛，是不想痛，但更痛的痛。
近日我拼命不想痛，却脚在痛，
头在痛，胸在痛，肚腹在痛。不想不痛，
一想更痛。搞得我常常从睡眠中坐起。
痛，对于我，已经变成哲学问题。

（原载《山花》2017年第4期）

在白居易墓前

◎卢卫平

一个内蒙人说　离离原上草
一个西藏人说　一岁一枯荣
一个海南人说　同是天涯沦落人
一个甘肃人说　相逢何必曾相识
一个杭州人说　回眸一笑百媚生
一个上海人说　六宫粉黛无颜色
一个长沙人说　在天愿作比翼鸟
一个武汉人说　在地愿为连理枝
一个南京人说　别有幽悲暗恨生
一个广州人说　此时无声胜有声
一个济南人说　野火烧不尽
一个长春人说　春风吹又生
他们都是说的方言
但每一句我都能听明白

（原载《诗选刊》上半月刊2017年第10期）

香草和果园，不属于我

◎李　南

香草和果园，不属于我
船坞、码头和江南水乡不属于我。
自从我记事起
眼睛里只有蓝色天空
戈壁滩，红柳和风沙。
这是世界呈现给我的最初模样
已经焊接在我血液中
已经定影在我记忆里。
这些年，我丢失了很多——
钥匙，手机，黑发和故乡……
这些年，我也迷失了多少次
信仰，身体，诗歌中的沙粒和宝石。
可是自从我记事起
我就不敢辜负辽阔，那片草原
烙在我身上的印记
我就不敢卸下苍凉，在大地上漂泊。

（原载《星星》上旬刊2017年第6期）

一粒种子

◎杨　键

一只羊快要石化了，
由温顺接近了温润，
在群山怀里。

石凳空空，
没有人，
有那月色最好。

（原载《桃花源诗季》2017年春季刊）

群树婆娑

◎陈先发

最美的旋律是雨点击打那些
正在枯萎的事物
一切浓淡恰到好处
时间流速得以观测

秋天风大
幻听让我筋疲力尽

而树影仍在湖面涂抹
胜过所有丹青妙手
还有暮云低垂
淤泥和寺顶融为一体

万事万物体内戒律如此沁凉
不容我们滚烫的泪水涌出

世间伟大的艺术早已完成
写作的耻辱为何仍循环不息

（原载《中国诗歌》2017年第2期）

青海湖

◎荣　荣

我的爱人等我在三杯美酒里
他杀牛宰羊
怀抱着八个方向的花香

我的爱人等我在一片蔚蓝里
湖水之蓝　天空之蓝
他许诺我高原上一对鸥鸟的飞翔

我的爱人等我在真实的荡漾里
他带我向东向西向南向北
他有辽阔的激情　无边的思量

我的爱人等我在一滴湖水里
他用清爽的湖水为我洗尘
而我只是他一小段暗藏的悲凉

我的爱人等我在秘密的咸涩里
我的爱人　我那么急于再见你
亲爱的湖水　亲爱的亲爱的忧伤

（原载《作家》2017年第3期）

爱情是里尔克的豹

◎叶延滨

爱情是动作迅疾的事件
像风，迎面扑来的风
像鹰，发现目标敛翅的鹰
像闪电，你刚发现了又隐没的闪电
从此，一切
都不再和以前一样了

爱情是里尔克的豹
在铁栅那边走啊走啊
而你隔着铁栅
望着那豹发着绿光的眼睛说
等待，还是死亡

爱情是大树
是橡树和青枫
所有枝条都交错的天空
是树下的小花
花儿正初绽露水中的花蕾
是花边的小草
草丛中有一处坟茔
是坟茔里两个人安静地躺着

两个人都在回忆
头一次约会的那个晚上

躺在草丛里

数着满天星……

（原载《中华文学选刊》2017年第5期）

回车巷

◎曲有源

爱不是
一条
单
行
线即
便很窄
也能
让
记
忆回车

石　匠

◎曲有源

世界上能
灭绝石
性的
只
有
石匠

多少石
头被他奴
役至今
都不
能
够
获得解放

（原载《大河诗歌》2017年夏卷）

江水为什么凉

◎商　震

黑龙江的水很凉
那是陆地上的雪
溶进了江里
中国的雪也有俄罗斯的雪

有狼的嚎叫与粪便
熊的口水与皮毛
一定还有蜜蜂的唾液
花儿的委屈
鸥鸟的争斗
人类的喧嚣

春天来了
地球上的事
都融化在江里
江水不紧不慢地流着
鸟兽的事
人类的事
江水都在冷处理

（原载《解放军文艺》2017年第7期）

龙泉驿

◎梁　平

那匹快马是一道闪电，
驿站灯火透彻，与日月同辉。
汉砖上的蹄印复制在唐的青石板路，
把一阕宋词踩踏成元曲，
散落在大明危乎的蜀道上。
龙泉与奉节那时的三千里，
只一个节拍，逗留官府与军机的节奏，
急促与舒缓、平铺与直叙。
清的末，驿路归隐山野，
马蹄声碎，远了，
桃花朵朵开成封面。

历经七朝千年的龙泉驿站，
吃皇粮的驿夫驿丁，
一生只走一条路，不得有闪失。
留守的足不能出户，
查验过往的官府勘合、军机火牌，
以轻重缓急置换坐骑，
再把留下的马瘦毛长的家伙，
喂得结结实实、精神抖擞。
至于哪个县令升任州官，
哪个城池被哪个拿下，
充耳不闻。

灵泉山上的灵泉，
一捧就洗净了杂念。当差就当差，
走卒就走卒，没有非分之想。
清粥小菜果腹，夜伴一火如豆，
即使没有勘合、火牌，
百姓过往家书、商贾的物流，
也丝丝入扣，不顺走“一针一线”。
灵泉就是一脉山泉，
驿站一千年的气节与名声，
清冽荡涤污浊，显了灵，
还真是水不在深。

有龙则灵。灵泉在元明古人那里，
已经改叫龙泉，龙的抬头摆尾，
在这里都风调雨顺。
桃花泛滥，房前屋后风情万种，
每一张脸上都可以挂红。
后来诗歌长满了枝桠，
我这一首掉下来，零落成泥，
回到那条逝去的驿路。

（原载《诗选刊》上半月刊2017年第9期）

手　谈

◎简　明

手指在棋子落盘之前
抢先摸到声音

白棋落下，声音发黑
黑棋落下，声音泛白

只要两人同在
必有一人心乱

（原载《北京文学》2017年第3期）

尘 埃

◎龚学敏

在阴雨天，我们看不到自己
沉浸在悲伤里
我们被风雨追逐　慌张失措

在阳光的聚焦下
我们依旧无法放大自己
这宿命的绳子
在不依不饶地拉着一个人的命运：
向下！
继续向下！

喧闹时，我们被向上推送
有时甚至像花朵落在枝头
（比起落地成泥的悲戚，
我们的回归多么自然）

所有的喧嚣都复归为沉寂
空山终无鸟鸣
远去的人已忘记了亲人
——像尘埃一样绝不回头

（原载《中国诗歌》2017年第5期）

无名河流

◎张洪波

它湍急不息
一路嚎叫像大醉一场
旁若无人地宣泄着
自由　痛快

它无名
可是它响彻山谷

（原载《作家》2017年第11期）

切西瓜

◎张洪波

它一开始被挑拣被选择
在抚摸中有被宠爱的感觉

先是挨了一拳，挺过去了
接着就是一刀
它在一声脆响中完成了今生

那些抚摸和爱
竟然这么要命！

（原载《草堂》2017年第3期）

回　忆

◎子　川

抱着回忆取暖
澄泥火炉，温热的黄酒
囊稻草编织的窗帘
牛尿的骚气，与少年的嗅觉有关

隆冬时节，看暮春的紫云英
酷暑的树下
采摘秋水中红菱
更早些时，骑竹马
牵小囡的手手上花轿

回忆是一只没头的小虫子
这里钻钻，那里咬咬
有些私密处，
你被咬了还不能往外说
没有回忆的冬天，却很冷

（原载《草堂》2017年第7期）

我的南方口齿

◎汤养宗

感谢伟大的南方给了我
含混又多维嬗变
跑来跑去的口齿
感谢这道门与那道门
明门与暗门，偏门与正门
互为地打开
显与隐，有与无
感谢泥沙俱下，不让，不管
洪荒般奔突又不容阻碍
感谢不让不管
我一说，便又是一个雨季
江南的草木遍地疯长

（原载《关东诗人》2017春季号）

枯草在风中

◎谷　禾

枯草在风中乱飞像一条纷扬的河流
父亲从河边回来
他的衣服、眉眼、头发、胡子沾满水珠

他伸出手，不经意掸了掸
那些水珠轻轻轻轻地，落在了他生前身后

（原载《芳草》2017年第5期）

清　晨

◎大　解

晨又回来了，还是那些光，从天空洒下来。
我习惯地伸出手指，看了又看，是透明的。
这是早晨的第一件事，总是看了又看。
指缝间的光漏掉了，我的手指是前人的手指。

（原载《海燕》2017年第4期）

平原上

◎于耀江

水重复了水
浅也是一种重复　几只胆小的山羊踩着石头过河
天空倒映它们脱下的衣服　最后一件白衬衫
越洗越白　冰在乌鸦的眼神里融化了
只剩下了乌鸦的黑　估计十二月份以前
没有一块能够漂回来　现在的青草
左一岸右一岸　在厘米里生长
也生长得像长高的厘米　嚼在羊齿间
充满了变数　风也无法确定　风向低处吹去
有时比目光中的两条铁轨延伸得还低
平原上　除了平原自身的幻觉
高出来了　就是比病中温度高出一点的
那个临时停车的小站

（原载《人民文学》2017年第6期）

散漫的雪

◎柳　沄

散漫的雪
散漫得
格外像一场雪

整整一个下午
它们乱纷纷地飞舞着
并在飞舞的过程中
不断地拆散
自己的翎羽

大地一片洁白
当天黑下来的时候
它们紧跟着
也黑了下来

雪无声地控制了
这座喧闹的城市
雪使那些，一点
都不像牲畜的汽车
不断地从尾部喷出
跟牲畜一样难闻的气味

我待在家里
想着和做着

与这场雪无关的事情
屋外，那咯吱咯吱的踩雪声
有时会将我
带出去很远

更远的地方
一个跟我差不多的男人
于一座空寂的站台上弯颈点烟
火苗闪了那么几下
他的面孔
就熄灭了

（原载《诗潮》2017年第6期）

坐火车

◎田　禾

今夜我不抱流水
抱一条钢铁

但我还是流水的命
深夜在一条铁轨上流淌

火车一路摇晃
仿佛一片波涛在荡漾

这一夜我一直望着窗外
车过郑州我好怀念马新朝

（原载《大河诗歌》2017年夏卷）

问候自己

◎钱万成

别老和自己过不去
自己问候自己
有时会更有意义

问候是一朵云
它会使天空温馨美丽
问候是一束光
它会让世界扑朔迷离

问候是一杯酒
它能驱赶心中的寒意
问候是一枝花
它能让心灵得到慰藉

问候自己
当你感到失意或者委屈
放飞每一只快乐的鸽子
让翅膀去剪落
那些纷乱的云絮

（原载《人民文学》2017年第6期）

征 服

◎杨志学

智者大音希声
敬亭山大美不言

狂放不羁的李太白
到这里变得安静了
滔滔不绝的诗人
变得沉默而内敛了

因为他知道，“黄河之水天上来”
是一种诗——征服世界的诗
而“相看两不厌，只有敬亭山”
是另一种诗——征服自己的诗

（原载《上海文学》2017年第10期）

持灯而行

◎安顺国

我的身体，是一滴夜露
在草叶之上，轻盈，圆润
以水的形式，握着小小的幸福
看开了一切唱词，其实
看开的不是终点，只是一个开始

持灯而行，我提起时间
面朝水的方向，石油的方向
在最好的位置，放宽风雨
扫尽灰尘，干净的
让一个人的时代，容光焕发

山的这边是草木，草木的那边是山
一条河上，我持灯
放弃船桨，泅水而行
奔波的疼痛在划动中脆弱
柔软，然后，清澈

风吹日落，我收紧了爱和爱情
摇摆着，说出事物的
冷暖，寂寥，孤独和彷徨
于沧海桑田中
推动梦想的亮翅，展开蜂房

我在持灯前行，抱住善良
在安身之处，尽管无力普渡
却可以与人生约会，与灵魂对话
内心的光芒就是灯的光芒
我渴望燃烧，燃烧一次，再燃烧一次

（原载《草堂》2017年第6期）

穿　过

◎亚　楠

一支箭被虚无收藏
夜幕下，恍惚的铃声都来自
它的尾翼。万花筒
和幽深的苍藤

群山在远处律动
若隆起的巨浪紧紧握住缰绳
还原成奏鸣曲
与尘世的黑色迷宫

都将在深渊里
成为幻影。并记住
梦中山河……莽原仿佛，逶迤
他的痛延续至今

（原载《诗建设》2017年第一卷）

在北方的林地里

◎李少君

林子里有好多条错综复杂的小路
有的布满苔藓，有的通向大道
也有的会无缘无故地消逝在莽莽荒草丛中
更让人迷惑的，是有一些小路
原本以为非常熟悉，但待到熬过漫漫冬雪
第二年开春来临，却发现变更了路线
比如原来挨着河流，路边野花烂漫
现在却突然拐弯通向了幽暗的隐秘深谷

这样的迷惑还有很多，就像头顶的星星
闪烁了千万年，至今还迷惑着很多的人

（原载《海拔》2017年6月号）

好　奇

◎曲　近

不看不甘心
看了又担心
这就是我啊
一个怯懦的人
在两难之间
迷失了根本

什么都想知道
又什么都怕知道

不知天高
不知地阔，只知自己的心意
脆弱得抵不上一层薄纸

（原载《海燕》2017年第2期）

大地无言

◎芦苇岸

几台挖掘机轰鸣一月已久
大地始终不言
是的，除了人们成天煞有介事
弄出很多动静
其实，满目累累的伤痕
不是来自机器的挖掘
而是肇事于锋利的人心

（原载《杯水》诗刊2017年总第23卷）

长白山天池

◎马萧萧

这是曾经的火山口
是怒放之后积水而成的美景
是一坛供它自己疗伤的药酒，
泡着千古白云

“一、二、三！”有人又按下快门
而我三思之中没顾上与它合影

津津有味读一本借来的奇书时
忘了抄其锦句，留作天涯孤旅疗伤的药引

（原载《绿风》2017年第5期）

点　香

◎成秀虎

点香　不是上香
如放生自己的魂灵
去瘴　去俗　去晦气

燃烧着寂静　太多的迟疑
堵住干净的声音
顺着内心的风暴逃生

无语端坐　体内的钟表无情
动或不动　都显从容
暗合此刻心境

点香　等待烟雾上升
烟缕柔软　焠化经脉
世俗便绝尘而去

（原载《青春》2017年第8期）

五月冥想

◎于国华

我似乎欠五月许多债
所以我拼命写诗
写到最后一支花朵没有微笑

因此我深陷五月
实在不甘就此潦倒
推开窗　眼望天空的云

在云中我看到万马奔腾
它们有自己辽阔的蔚蓝
而震撼的蹄声踏疼了我的心

沙场点兵　铁马卧雪
我身后的那把马刀
已让红颜的酒杯装进铿锵的历史

我抬起颤抖的手关上窗
也将自己的悲哀插入刀鞘
让默默的泪水滚动如铁

五月繁花似锦　五月细雨迷蒙
五月的风沁人心肺
很清楚　我已无力自拔

我也不可能改变五月
拼命写诗也不是为了救赎
而是寻找一个生命的出口

这出口我要带走一匹瘦弱的战马
和千秋一梦的酒杯
把马刀留给五月葬花的人

（原载《海燕》2017年第2期）

小草不是风的奴仆

◎田　湘

小草是风的语言
而不是奴仆
它用身体的语言说出风
它倒下，是让你看到风的方向
而不会像树枝折断自己

风没有故乡也没有离愁
而小草有，它有一厘米的国土
它害怕离别
它生在哪里，就会死在哪里
它会让你看到它的骨头

小草有翅膀，但从不飞翔
正如石头有门，但从不打开

风想带领小草云游世界
小草只在风中摇曳
但绝不随风而去

请看
小草的腰如此纤细
却能与十二级台风共舞
风给予的一切
它都能承受

（原载《海燕》2017年第6期）

这是夜

◎阿　来

这时是夜
帐幕像花朵悄然闭合
寂静来到坎坷的路上

这时是夜
眼前是墙上精雕细刻的静穆面具
远处是怀孕女子坐化成浑圆山岗

这时是夜
疲惫的身躯化成雨中的泥土
化成被蚯蚓疏松的肥沃泥土

这时是夜
感到自己将成为忧郁的歌手
感到呼吸的河流变深变长

这时是夜
梦去到路上
一直走到黎明的边缘

（原载《草堂》2017年第1期）

喀纳斯河短句

◎耿占春

喀纳斯河，在我写下这几个字的时候
我知道，你仍在一个真实的地方流淌

你在阿勒泰的山中奔涌，在白桦林
和松林之间，闪耀着金子一样的光

在夏天与秋天之间，你不是想象的事物
但此刻，我差点儿就把你从心里想出来

我在你的河边歇息过的石头不会有什么改变
而你岸边的白桦树正一天天呈现秋日的金黄

当我写，“喀纳斯河在流淌”，这些文字不会
改变你的行程，不会增加或减少一个波浪

就像远方的朋友，不会受到我想念的惊扰
此刻他和她或许正推开院门，吹着口哨

“喀纳斯河”：这仍然是你的一条支流
穿越字里行间，你依然在我心中滚滚流淌

（原载《读诗》2017年第2期）

小　路

◎黄　梵

小路沿着围墙，独自遁入林中
它要逃离窗户的眼睛?
它要聆听知了试吹的号角?
它要到林中，带回一只迷途的狗?

哗哗的风，让树都弯着身子恭迎它
它在林中越走越消瘦
脚印和落叶是它的主食
它用越来越细的毛线，护住山的脖子
翻过悬崖时，它凝视着人类的惨剧

它忍受着秋天这张黄疸的脸
向戴着山岚假发的峰顶走去
谁也不知，它究竟要干什么

当黑夜来临
它成了月光下蛰伏的一条眼镜蛇
慢慢在山顶昂起头——

莫非它自不量力，想给
挥着月亮银盾的黑夜，致命一击?

（原载《大河诗歌》2017 年夏卷）

顺　从

◎何向阳

顺从于水
顺从它从高到低的
走势
它的谦卑
顺从于它陡峭处的
沉默与
不动声色
顺从于它的厚德
清明澄澈
顺从于水
顺从
它的平静坦荡
柔弱
顺从于它的宁馨
呼吸
圆润如丝
而又自由不羁
顺从
顺从于它的忍耐
淡泊
温情绵软
不离不弃
顺从于它的
富足

智慧
韧性
顺从于水
顺从它潮汐的
节律
顺从它的吐纳
秩序
宇宙的
某种神秘引力
顺从它经过的
滩涂　高山
平原　谷底
顺从那些
坎坷
沟壑
另一种大道
并在大道上
弹剑
高歌
顺从于水
顺从于它的
坦然
顺从于它的
无色无味
它对远的渴望
对永恒的
信
顺从于水
顺从于它的

无限
无私
这液体的
黄金
顺从于水
顺从于它的
出处与
来路
速度
它的核心
顺从它
内里的
火焰
不经意间
缓慢地点燃
顺从于水
顺从于它的
难以称量
它的
不可阻挡
顺从于水
顺从于它的
隐忍
从容
大度
顺从于它的
至真的欢乐
它的
纯

顺从于水

顺从于它的恩宠

静美

顺从于它的

无畏

和

慈悲

（原载《上海文学》2017年第5期）

那时我走在故乡……

◎华　清

那时——我忽然想起一个诗句
天空刮过一阵狂乱的风
那时我正走在故乡这片矮小的树林中
低头看见了自己的阴影

一片小小的：阴影
挂在一根枯萎枝杈的梢头
它好像一片不合时宜的枯叶
摇晃在记忆的错愕中

后来我又看见一枚干裂的果子
就像一个不肯离去的幽灵
它摇晃着就要从枝头坠下
一只蚂蚁正奋力朝它攀登

一滴露水对它就是灭顶之灾了
但我看见它已小心地躲过
后来是一场暴风雨突然降临
我的童年就变成了泥汤中的脚印

（原载《花城》2017年第3期）

雪隐鹭鸶

◎霍俊明

黄昏过去后
整个夜晚有着强大的肺部
那声响，让人想到几十年前的风箱
拉动、开合的风挡，有节奏的呼吸

这一夜的风箱

湿地正在一片茫茫雪阵中
没人能分清白天或夜晚觅食的鹭鸶
只有一两只雪白颀长的身影
它们比空中的雪早些到来

雪隐鹭鸶飞始见，可它们静立

那些翎羽静静地闪着光
时间的瓷片正洒落一地
那时而传来的鸣叫显得微弱而近于虚无
而雪在风中掉落得更紧

还有更缓慢的事物吗
胆小的生物更喜欢隐匿
只有长喙是坚硬的
那些白色或灰色的装饰性婚羽
还没来得及长出

（原载《解放军文艺》2017年第6期）

颂　歌

◎王　彪

我从飞机的舷窗看见你
无尽的幽蓝
是测不透的深邃
云海铺张
呈七彩之色
你的面影如此斑斓
一切自然都在表达你，却
不能表达于万一

流星像雨飞过
一首颂歌，辉煌而庄严
仿佛一万公尺以上
烟花灿然盛开
光与暗
在你手中奇妙变幻

多么瑰丽，非人间所能见
穹苍，日日有盛大庆典
全宇宙
辉映出你不可言说之美
我从飞机的舷窗接近你
接近于无限透明
星汉灿烂，都是你
注目的眼睛

从亘古到现在永不改变
哦，让时间消失吧
让心飞起，让我
以刺破空气的速度奔向你

多么神奇，我竟然
在无限透明中触摸你
听见吗？云端
猛然响起隆隆雷声
全宇宙
都在见证你用闪电发出的爱情

（原载《江南诗》2017年第2期）

我行走在世俗的路上

◎李德武

我行走在世俗的路上
吃。睡。应酬。我保持内心的清醒
喧嚣越多，我离内心的宁静就越近
当独自坐下来，我就会把目光
投向细小的事物，墙角的蜘蛛、草丛的蟋蟀
因干燥裂开的天花板、灰尘，或者一只猫……
我长时间观察一株丝瓜枯萎的过程
倾听它内心的平和。你看，
它枯萎的藤蔓盘曲在竹竿上，依旧那么有力
像一根金丝闪闪发光
它显示出生命的纯粹，不依靠声名和财富
也不靠夸夸其谈，它安详、自足
尽管它不知道纯粹的意义

2012年10月

（原载《飞地》2017年第18辑）

水的辞典

◎叶　舟

翻开这些水，逐字逐句
开始研读；
找见桨声灯影，
红男绿女，以及
舒缓的弹奏中，一阵急遽的
波澜与骤雨。

在水中，打捞时光，
慢慢析出蚕与蛹，丝和绸，
玉石并钱粮；
当码头开启，
春日驾临，往日的繁华
与讴歌，必须在一场
恩遇中，再次复印。

沿着古河道，用塔身
垂柳，依次装订出
今日的辞藻和封面；
如果一把油纸伞现身，一张琴
出现了回忆，那么
这滴水带来的分量，将胜于
一座可能的天堂。

（原载《扬子江诗刊》2017年第4期）

从一场雪到另一场雪

◎李 浩

一场雪与另一场雪有什么不同
它们有着相同的表情
洁白，纯粹
掩饰不住的
只是远山那些孤苦伶仃的树

一个城市与另一个城市有什么不同
它们有着相同的性格
容忍，排挤
无法改变的
只是人们南腔北调的口音

一个人与另一个人有什么不同
他们有着相同的笑容
伪善，僵硬
挥之不去的
永远是一次刻骨铭心的陷落

从一场雪到另一场雪
总会有一个空白地带或者时光隧道
没有树木，也没有人烟
不发乎情，不是白
只是令人黯然神伤的空

（原载《汉诗》2017年第2期）

此 刻

◎甫跃辉

黄昏时，雨停了
现在天都黑了
仍然听见水声
滴答滴答
从阳台外违章搭建的铁板边沿落下
滴答，滴答
没睡着的人数着
睁着眼睛，想象自己看见了星星

（原载《西湖》2017年第4期）

回忆的权利

◎吉狄马加

不知道从什么时候开始，
你就是靠回忆生活。
就是昨天刚遇见过的事，
也不能把它们全部想起。

真能想起的都是遥远的事情，
它们在黑暗的深处闪光。
你躲在木楼的二层捉迷藏，
听见妹妹说：姐姐可以找你了吗？

经常拿出发黄的照片，
对旁人讲解，背着沉重的药箱，
访问过许多贫病交加的人。

人活着是否需要理由？
是你给了我们另一个答案，
谁也不能剥夺，回忆的权利。

（原载《作家》2017年第1期）

手心的镜子

◎冉　冉

左手掌心里　有一小片镜子
被右手捂着
为掠过的鹰难过
“它映照的不是死亡　只是鹰”
“死亡没那么高　那么小
死是薄薄的摊晒的羊皮”
“死亡也没那么孤单　那么黑
死不过是并拢双膝　好比两座雪山
相视而眠”
“死亡也没那么喧嚷那么快
就像安静的藜芦花　走过四季
还要走过三起三落”
“死亡也没有那么倨傲那么冷
仿佛谦逊的豹子　它把草地披在身上
又把雪山煨在小腹”
两只手　相互摩挲安慰着
薄冰似的镜片凸起　像它们曾经焐暖的
乳酪　盐蛋　或者酸苹果

（原载《读诗》2017年第1卷）

车窗外的风景

◎鲁　娟

每次快速经过
总会撞见缓慢的画卷

它们远远隐藏于
群山之侧
森林之外
童话般羊群零星散布
男人与女人躬身劳作
孩子们如鸟歌唱

不经意间
仿佛快错过
一瞬间又跃出
在命运的拐角处
忽然翻回丢失的一页

（原载《民族文学》2017年第5期）

木　炭

◎韦诗诗

你说你在的地方下雪了
我坐在炭前，搜索你的纬度

一束绝望的雪
六角的诗
紧挨着趴在地上
藏着去年的故事，也在今年落下

无数种气息，是木炭吗？
那是泥土与树干的交融啊
穿上大地的味道
无数个红红的脸庞，燃烧
岁月剩下宽容
泥黑灰白相间的木炭
时间以另一种方式在旅行

（原载《广西文学》2017年第10期）

我是被时光磨损的废品

◎那　萨

下山时，他们正好上山
我用四目巡视，他用微笑迎向
与老人们碰头、碰脸、拥抱
嘘寒问暖，母亲说
小时候我和他是认识的
帅气，灿烂
仿佛，我是被时光磨损的废品
杵在人们问安的路口
羞涩地，不知所措

（原载《瀚海潮》2017年芒种卷）

石　头

◎卓玛才让

为了挤出一首诗
我想了又想
想到你的面孔与背影
想到你热烈的爱与恨
想到你的疯狂与执著
想到你生命里燃烧的日日夜夜
为了这首诗
我想得太多
但我不想
不想把你比作一座雄伟的雪山
我怕你被我靠得太累
我也不想把你看作一个无垠的草原
我怕你被我拥有得伤痕累累
要么
你可以是你的名字
沉睡在我的心里
压住我的不安
我的急躁
交给你
交给你这颗漂泊的心
这样的急切
这样的梦想
请记得
接纳并安放

（原载《青海湖·文学》2017年9月号）

大地无尘

◎娜仁琪琪格

是什么涌动着浩大　铺开延绵与风涌
我的灵魂寻找出口　诗来到
她刚要说出　我便起身
灵魂回到肉身　那是清晨五点多的果园

岚气拥抱着奶白　升腾着水烟
欣然奔向窗口　看见大雪铺展着无边——
这用无垠写就的童话　等着我去阅读
等着我把自己浸润其中　越走越深
到了迷醉

我说　我可以变成一只雪熊呢　笨笨地
把自己掉进雪洞里　如果雪再大一些
再厚一些　我可以
把自己变成春小麦　吮吸着甘霖
化做绿色的琼浆　漾动着湖泊
漾动着天蓝　鸟飞

我说这些的时候　并没有出声
刚要开口唱歌　便捂住了嘴巴
此时　在天地间了　漫天的飞雪已先于我
化成了旋转翩飞的蝴蝶

静谧　无边的静谧　只有呼吸的声音

我闭眼　便是春雪融化
万物复苏

（原载《诗潮》2017年第8期）

水德颂

——与梅丹理先生在青海说“水”

◎曹有云

水乃万物始基，万物复归于水
——泰勒斯
上善若水
——老子
历史消逝，唯众水羁留
——哈利·克里夫顿

比星际更遥远
比词语更深邃
比幻想更纯净
比诗歌更透彻
比真理更澄明

我和你一样来自不可知的远方
但此刻，我和你肩并肩，奔走在孤独的大地上
思绪飞荡，热泪盈眶

我们究竟是谁
我珍藏着你
你激荡着我
日夜兼程
要往哪里去

你先于人
先于诸多存在开始凝聚、呼吸
周行天地，母育万物
呼唤它们
从岩石中醒来
并不断抬举它们
往高处更高处生长
而你往低处更低处行走
但你终究高居云端
和辉煌的创造者同在

你滔滔而逝，浪花飞溅，不舍昼夜
淘尽千古
淘尽记忆
我们究竟有无永恒的方向和未来
对此我依旧茫然无知

（原载《中国新诗》2017年9月）

半夏生

◎苏笑嫣

夏至　日光清朗　白昼太长
像极了我体内的空
饮水　话要少说　鸢尾兀然树立

应当焚香、写信、看静默的电影
应当在雨天　疾走、读书、倦极入睡
一个人的生活　时日漫长　寂静空阔

应当模仿门外的合欢
百无聊赖的时候　仍径自梳妆
仍美丽　仍等待一个系马的人

若有人风尘仆仆　就与他饮酒
六月天空高远　煮沸的水默含过往的半生
就无言、抚琴、并坐　看顾三株杏花树
天边晚霞已落　一声轻叹
有风　适时吹散　眼角蕴着的薄薄的苦

（原载《中国诗歌》2017年第6卷）

落入河中的石头

◎胡卫民

在河流的深处、暗处
不被阳光照见的地方
一块石头沉静下来

它想浮上来
借工匠之手获得灵魂
成为石狮、石马、石人、石佛

看见河流转弯
我的思想，也转变了一下
一块石头浮不上来
那就耐心等待河流干涸吧

我想我也别闲着
每天到河边取水，无限接近一块石头

（原载《民族文学》2017年第4期）

暗物质指南

◎杨小滨

抓起影子时，我忘了
它有刺。掉在地上，
碎片溅到月亮的脸。

在所有的伤员里，
黑夜是最有承受力的。
月亮抹了一抹下巴，
转身躲猫猫去了。

夜空也不把唾沫星子
洒到慌乱的大地。
我从碎影里捞出
更多空无一物的往事，
拌在烟丝里，烧成
比遗忘更冷的灰烬。

（原载《江南诗》2017年第2期）

失去你之后

——小狗挽诗

◎黄灿然

失去你之后，我才发现
你对我是多么地重要，
不是因为你带给我
任何具体的欢乐或麻烦，
而仅仅因为你的存在，即使
我一天中可能没多少次意识到你
更别说陪你玩，即使
你不来打扰我，
仿佛你不存在似的。
而现在我才明白，
你那不存在似的存在，
对我是何等重要，回想起来
仿佛我生命中许多艰难时刻
都是靠着你的存在
而度过的，我那简单的生活
都是靠着你的存在，你那仅仅的存在，
而丰富起来的。

（原载《桃花源诗季》2017年秋季刊）

老虎的，或者狮子的

◎姚　风

我在恐惧中生活了大半生
满脸的皱纹

一条条颤抖惊悸的路
互为纠缠，像一团死结

我的时间不多了
我不想，真的不想
再这样生活了

请给我一杯鲜榨胆汁吧
老虎的
或者狮子的

（原载《香山诗刊》2017年春夏合卷）

巴山时刻

◎郭艳宁

每当黄昏从教会的篱笆旁走过
我从九月的黄昏里走过
暗头巾的巴基斯坦女生低谈着
把一小方空气弹得波浪滚滚
就像不多年前一个晌午
一块轮廓模糊的鹅卵石被我抛进大海

奔跑在春雨里沁着汗珠的初恋
在那云片糕一层层地消融以后

时而就用绿吉他的长柄勺
在滚烫的黑咖啡里造几个漩涡
直到它轮廓变得模糊
连周边的空气也渐模糊

（原载《江南诗》2017年第2期）

把脸哭成大海

◎叶觅觅

如常说话。
如常写字。
如常拍照。
如常专心。
如常旋转。
如常对别人显现我的如常。
但总会有那么一刻，
在自己藏匿的角落里，
忽然想起那个人，
想起那个他消失的晴天，
想起刻骨的爱。
皱起鼻子，
扬着一排睫毛的风帆。
把脸哭成大海。

（原载《两岸诗》2017年第3期）

殊　途

◎罗任玲

一辆满载白母鸡的车，
又一辆粉红母猪的车。

超前了，
在我回家的路上。

微风将她们的细发吹起，
黄昏为她们染上金光。
（朝西方疾驶）

……要前往哪里呢……
（朝西方疾驶）。

餐桌上的沸水已煮滚，
沉默不语的她们还在，
大风中沉思。

（原载《两岸诗》2017年第3期）

勇　气

◎颜艾琳

秋末，
一只候鸟
准备飞过
太
平
洋
。

（原载《香山诗刊》2017年春夏合卷）

光　影

◎庄　雨

青梅与酒，与时间
转换成啧啧神奇

或只是一瓢上善之水
加上小小火炉
看酸涩的果实
怎样历练成甘甜

阳光细碎成乡下的菊
闪闪穿过蝴蝶的翼
我们坐着，只是微笑
光影在桌上行走
写满了哲学

（原载《香山诗刊》2017年春夏合卷）

敬　告

由于编选时间仓促、工作量大，未及与所选作者一一取得联系，请见谅。

现仍有部分作者地址不详，为及时奉上稿酬和样书，请有关作者与责任编辑赵维宁联系。

地址：沈阳市和平区十一纬路25号

邮编：110003

电话：024—23284306

E-mail：249972579@qq.com

微信号：zhaoweining10

辽宁人民出版社

2018年1月